目覚むる心地

谷口雅宣随筆集

生長の家

目覚むる心地　目次

第一章　家族・家庭

第二章　動・植・物

第三章　自然と人間

第五章　映画を見る

カバー装画／本文挿画・写真…………著者

第一章

家族・家庭

カルタ遊び

元旦を神社の拝殿で迎えた方、山頂で初日の出を拝んだ方もいると思うが、私の場合はいたって普通である。朝食は、〝里帰り〟した子供たちと共に一家五人でおせち料理を食べる。午前十時から東京・原宿の生長の家本部会館で行われる新年祝賀式に出席する。帰宅して年賀状を読む。返事を書くべき人がいればそうする。昼食を一家でいただく。近くの産土神社（穏田《おんでん》神社）へ参拝に行く。近所を散歩しながら、新年の到来を味わう。夜は、一家対抗の「カルタ遊び」をする。

今回は、このカルタ遊びについて少し書こう。これを私たちは「キッテーノ」と呼んでいる。正式な名前は別にあるのだが、忘れてしまった。昔、祖母から教わった遊びで、小倉百人一首のカルタの絵札だけを使って四～五人でやるゲームだ。わが家のように五人でする場合は、百枚の札をよく切ってから一人当たりに二十枚を配る。そして、プレーヤーは同種の札をそろえて場に出すことを順番に行っていき、持ち札がなくなった者が「上がり」である。

この際、上手《かみて》（自分の右側の人）の注文通りの種類と数の札を出さねばならない。出す時には「受けてーのぉー」と言い、札の表を見せて捨てる。上手から言われた種類の札を言われた数だけ持っていなければ「お通り」と言って、パスする。札を捨てることができた人は、次に自分の手持ちの札の中から適当な種類と枚数を選んで、「〇〇を何枚」と言って札の表を向けて出す。この種類と数が、次に下手《しもて》（左側の人）が出すべき札となる。

百人一首の絵札には、その歌を詠んだ人の絵が描かれている。それを見ると、服装や持ち物などから天皇、女帝、僧、公家、武士、女官などの身分や職業が類推できる。そういう共通項をひと括《くく》りにして、「台座」「姫台座」「坊主」「つね」「かんじゃ」「姫」などのニックネームで呼ぶ。

これは、トランプで言えば「ハート」「ダイヤ」「スペード」「クラブ」に当たる。ただし種類はもっと多く、前掲の六種に加えて「耳矢架《みみやか》」「本矢架《ほんやか》」「まめ」「なげ」などがある。「つね」や「かんじゃ」などの枚数は、トランプのように十三枚と決まっておらず、一枚しかないものもあれば二十枚以上のものもある。そんなまちまちの札をランダムに組み合わせた手持ち札二十枚を、効率よく捨てるのを競うゲームである。

このゲームを複雑に——したがって、より面白く——しているのが、「切る」という手続きだ。一部の種類の札には、「強い札」と「弱い札」が設定されている。そして強い札は一枚で、弱い札を何枚でも「切る」ことができる。つまり、上手が弱い札を何枚出すように求めても、手元に特定の強い札があれば一枚で代用できる。その際には「切ってーのぉー」と言って、強い札を一枚出せばいい。例えば、「つね」は「台座」で切れ、「姫」は「姫台座」で切れ、「耳矢架」は「本矢架」で切れる。

このゲームでは、例えばこんな調子で会話が続く——

「つね七枚」

「切ってーのぉー。坊主三枚」

「受けてーのぉー。かんじゃ五枚」

「お通り」

「かんじゃ五枚、受けてーのぉー」

「…………」


こういう独特の言い回しが何か〝時代的〟で面白く、元日という非日常にもふさわしい感じがして、成人して間もない子供たちにも人気がある。説明が複雑になったかもしれないが、実際にやってみると案外簡単な、しかし奥の深いゲームである。

元日の夜、私たちはこのカルタ遊びに夜が更けるのも忘れた。ゲームの名前をご存知の方がいれば是非、ご教示いただきたい。

（二〇〇六年一月二日）

お伊勢参り

恒例のお伊勢参りに行った。

幸いにも妻が伊勢出身なので、毎年〝役得〟にあずかる。というのは、妻の実家の世話になるばかりでなく、複雑な交通規制の網の目をくぐって神宮近くまで車に乗せて行ってもらい、親戚一同でにぎやかに参拝できる。今年は八十二歳になる義母の歩行に支障が出てきたため、残念ながら妻の両親が居残り組となったが、それでも小学二年生から五十四歳まで総勢十四人の参拝である。驚いたことに、この一団中の最年長者は自分だった。前を行く人の数が減っていく――新年を迎えるというのは、そういうことでもあるのだった。

三賀日中の有名神社の混雑ぶりは、どこもさほど違わないと想像するが、明治神宮の混雑を知っている私にとっては、伊勢神宮にはまだ〝救い〟がある。普通の速度で歩いても、前の人の足を踏むことはない。ホコリの立ち具合も、それほどではない。しかし拝殿の正面で祈るためには、人の列の中で半時間も待たねばならない。私たちは拝殿の右側をすり抜ける例年のコースを辿《たど》って参拝をすませた。

伊勢神宮内宮の拝殿前は上り坂で、立派な自然石の石段になっているから、車椅子での参拝は難しい。義父母が参拝を控えた理由が納得できる。しかし、今後の〝超高齢社会〟の波の中では参拝客の便宜を考えざるを得なくなるのだろう。

そんなことを思いながら、人々の流れについて拝殿の裏側まで回ったところで、黒いオーバーコート姿の神宮衛視が、こわばった表情で人々の流れとは逆に小走りで来るのを見た。その時、隣を歩いていた妻が声を上げて指差した先に、人の脚が見えたのだった。その脚には、鮮やかな赤と青の長靴下かゲートルのようなものが巻いてある、と私は思った。しかし妻は、「あれは血だわ」と言うのである。赤色の部分が大きすぎると思った私は、「うそだろー」と反論したが結局、妻の方が正しかった。老人が石段の脇の溝に転落して脚を切り、動けなくなっているのだった。止血のために巻いたマフラーか何かが、ゲートルのように見えたのだ。すでに衛視一人が老人の足を抱えていたが、一人では無理だ。先を歩いていた義弟の一人が駆け寄って、老人の上半身を支えた。老人はしきりに礼を言っているようなので、私は安心した。そこへ別の衛視と、白い装束姿の若者二人が車椅子を持って駆けつけてきた。

怪我をした老人には連れがいないようだった。妻は、そのことを気にしていた。私たちの伊勢参りでも、去年までは杖をつく義母の脇を娘のうち一人が必ず歩いていた。そういう介助者なしに初詣をする老人が増えているのだろう。そして、参拝を控える老人も増えているに違いない。そう言えば、今年の参拝客の数が昨年より少ないような気がしたのは偶然ではないかもしれない。

（二〇〇六年一月三日）

笑門来福

正月休みに妻の故郷である伊勢へ行くと、いつも興味をもつことがある。それは、「笑門」と書いた木の札をつけた注連《しめ》飾りが、家々の玄関にそれこそ「軒並み」に掲げてあるのだ。その形が末広がりで何とも堂々としているだけでなく、中心部に下がった橙《だいだい》の実の重たげなのもいいし、だいいち「笑門」という言葉が、見る人をうれしい気分にさせてくれる。「この家は笑いに満ちた幸福な家庭です」と各戸が宣言しているように感じられる。私の育った関東では、門松などの正月飾りは「松の内」といわれる正月の七日、あるいは十四日までは家や門を飾っているが、それを過ぎれば外される。しかし、伊勢の注連飾りは一年中玄関に掲げるのだという。

注連縄《しめなわ》は、「聖」の領域と「俗」の領域を分ける境界線として使われるという。つ

まり、注連縄を張った内側には「聖」なるものが存在すると考えられてきた。だから、巨木や巨岩に注連縄を張った場合、その木や岩には精霊か何かの「この世のものでないもの」が棲《す》むことを示している。その考え方に沿って、神社の前や神棚の前には注連縄が張られるのだろう。では、なぜ一般家庭の玄関に注連飾りが掲げられるのか。それは、注連縄が「俗」や「魔」から聖域を護る役目をするところから、家の「魔除け」の意味があるらしい。

だから、一年中注連飾りを掲げてもいいのだろう。こう解釈して、今年は正月に伊勢に行った時、念願の「笑門」の注連飾りを入手して東京の自宅の門に掲げてみた。「松の内」が終った後にである。訪れる人は、きっと「まだ正月飾りが外していない」と考えるだろうが、なに、構いやしない。これが神道では〝大御所〟の伊勢式のおまじないだ、などと思っている。

（二〇〇一年一月二十日）

若き妻との再会

夕方、事務所から帰宅し、着替えのため二階の寝室へ入ると、四ツ切りサイズに引き伸ばした若い女性の写真が、整理ダンスの上で私の顔を見つめていた。見憶えのある白黒のバストショットは、私が結婚前に撮影した妻の写真だった。もう長らく紛失したと思っていたのが、目立つ位置に置いてある。妻の仕業に違いなかった。着替えをすませた私は、それを小脇に抱えて階下へ行き、経緯を妻に尋ねた。

納戸の整理をしていたら、偶然見つけたのだという。最近、なぜか彼女は整理づいている。この前も、古い本や雑誌を大量に出した。私もつられて、子どもたちに買い与えた古いマンガ本をダンボール箱いっぱいにまとめて出したら、「それを捨てるのはもったいないから、小学生の子がいる妹家族に送ってあげる」と言った。私が気づかないことをいろいろ考えているようだ。

　問題の〝若き妻〟の白黒写真は、私が自分で撮影しただけでなく、現像・焼付けも自分でやり、木製パネルまで買ってきてそこへ貼った。それほど〝ご執心〟だったということか。一昨年の五月二十三日のブログ（本書二一八頁参照）に少し書いたが、学生時代の私は写真に凝っていて、父から手ほどきを受けて白黒写真の現像・焼付け・引伸ばしをやっていた。そんな経験を生かして、結婚前の妻にプレゼントしたものだ。記憶力のいい妻に訊《き》くと、この写真は結婚する年の八月、妻の実家へ〝挨拶〟に行った際に撮影したものという。一枚だけ撮ったわけではなかろうから、何枚かの写真の中で私が最も気に入ったものを選んで引き伸ばしたのだろう。ということは、当時の私は、この写真のような雰囲気の彼女に惹《ひ》かれていたのだ。

　そう思って写真を見つめると、「へぇー」という気持になる。現在の妻の雰囲気とずいぶん違う。中年の私は〝若き妻〟に惚れ直しそうだったが、彼女自身はこの顔を「あまり好きでない」と言う。理由は、「ふにゃ〜」としていて「不安そうな顔」だからだそうだ。しかし、結婚前の彼女に不安がなかったと言えばウソになるだろう。結

婚とは、不安の中にも喜びを見出し、期待を膨《ふく》らませて飛び込んでいくものではなかろうか。
最後にその写真を掲げるが、普通の白黒ではつまらないので、セピア調に色をつけてみた。この写真と彼女の今の写真を並べ、〝使用前―使用後〟式の比較をしないように、とは妻からのお願いである。
(二〇〇七年一月二十一日)

義理チョコ

今日は「バレンタインデー」ということになっている。もともとは宗教的な意義をもった欧米での習慣を、日本の菓子メーカーがうまく利用して一大イベントに仕立て上げたのが、この日だ。私がそういうことを何も知らなかった若い頃は、「今年は誰からチョコレートをもらえるだろうか……」と、不安と期待に胸をときめかせる日だった。一年に一度だけ、女性から男性に愛の告白ができる日。しかもその愛は、甘いチョコレートの衣を着てやってくる——実にうまく考えた仕掛けである。

ところが、その後の展開は奇妙な方向に向かった。まず〝義理チョコ〟なるものが登場して、チョコレートに込められた〝愛〟は限りなく薄められた。さらに女性から男性への告白も、「一年に一度」などと悠長なことをいっている女性は激減し、今はかなり頻繁に行われているらしい。

〝義理チョコ〟の登場でチョコレートの販売量は急増したかもしれないが、もらう側にとっては、チョコレートの価値は相対的に急減したはずだ。そんな時、女性が本当に愛を告白する場合、バレンタインデーであってもチョコレートなど贈らずに、別のものを贈るか、あるいはシリアスな顔でストレートに相手に言う時代になってきているようだ。聞くところによると、近頃は愛を告白することを「コクる」と言い、女子高生がコクることも珍しくないそうだ。

　ここ一週間ほど、ラジオの朝

の英語学習番組で〝義理チョコ〟のことを取り上げている。「贈物」についての日本と欧米の考え方の違いを示しているようで、興味をもって聞いていた。番組中の英会話に、こういうやりとりが出てくるのだ（記憶によるので、少々脚色あり）――

日本女性「バレンタインデーが近いので、チョコレートをいっぱい買わなくちゃならなくて、もう大変！」

米国男性「そんなに大変なら、本当にあげたい人にだけ一個か二個買えばいいじゃないか」

日本女性「バカなこと言わないで。そんなことしたら、本当は誰にあげたいか分かっちゃうわ」

米国男性「その目的で贈るんだと思ってたけど……」

日本女性「同じ種類のチョコレートで、数をそろえてあげるんだから、楽じゃないのよ」

米国男性「上等なチョコを本命の人にあげて、あとは安いのにすれば？」

日本女性「それじゃ、本当は誰が好きかすぐ分かっちゃうじゃないの」
米国男性「ええっ？　ああ、日本のバレンタインデーは分からない！」

　このやりとりから考えると、今の日本の若い女性は、バレンタインデーには〝本命〟の男性にも〝その他大勢〟の男性にも、同じ種類のチョコレートをあげるということになる。なぜそうするかというと、本命にだけあげるのでは露骨すぎて恥ずかしい。しかし、本命にあげないことには、本来の目的は達成できない。また、あげない人がスネたり、自分に冷たくする事態はできるだけ避けたい。そこで、〝その他大勢〟をカモフラージュとして使い、ワーッと一斉に同じ種類をあげれば、傷つく人もいないし、本命も発覚しない——ということは、やはり日本では、チョコレートは「愛の告白」のために贈るのではなく、「周囲との関係」を円滑にするために贈るということなのだろうか。
　ところで、高校二年の私の娘は、数日前からチョコレートを材料にしてクッキーを作っていた。焼いたクッキーを一枚ずつ、クッション用に細く切った薄紙とともに透明のセロファン袋に入れ、袋の口を色付きの留金でとめる。こういう手のこんだ包装を、せっせと約三十個のクッキーにほどこした。凝り性なのは誰に似たのかと思う。そして、そのうち一つを今日、私にくれた。「これは義理チョコか?」と一瞬思ったが、素直に笑顔で受け取った。

また、今日は休日で職場へ行かなかったが、前日に職場で「ひと足先に……」と言って、私にチョコレートをくれた女性がいた。その時、彼女は「これは〝感謝チョコ〟です」と言葉を添えた。この楽しいネーミングを、私は気に入っている。

(二〇〇二年二月十四日)

愛の交換日

バレンタインデーだというので、街にはチョコレートが溢《あふ》れている。我々夫婦もこの日にあやかり、休日前の夜を静かに過ごさせてもらった。とは言っても、家の中にこもったのではなく、外出して夕食を六本木のホテルのレストランでゆっくりいただいた。こんな日の夜だから混雑しているに違いないと思ったが、意外にもガラガラに空いていた。窓際の席に案内され、つましくカレーとピッツァとサラダをメニューから選んだ。二人とも近年は、油っこいものや食後の満腹感を避けるようになってきた。「腹八分目」の健康法である。外は小雨模様で、傘を差したコート姿の人々が通り過ぎる。朝の天気予報では、西から来る低気圧が夕刻には発達して、夜は大荒れになると言っていたが、今回も当たらなかった。

バレンタインデーの由来については、前にも書いたので、言うことはあまりない。が、この国の〝チョコレート騒ぎ〟には食傷気味だ。「○○の日には○○をしなければならない」というのは、一種の社会的強迫観念だ。それでも、クリスマスや正月などは、その意義が十分あるから、自分なりのやり方で積極的に参加できる。しかし、「チョコレートをあげる」というのは、見え透いたコマーシャリズムが背後にある。それを知りながら、多くの人々がどうして熱意をもって参加するのか、不思議に思う。本家本元の欧米では、この日は一般に「愛情を表現する日」だから、男女双方から自分たちのやり方で愛を表現すればいいのである。また男女でなくても、親子や友人間の愛の表現でもいいのである。「この日は女から男へ」「あの日は男から女へ」などと決め、しかもチョコレートの色まで「黒はいつ」「白はいつ」と規定するなど、学習指導要領みたいで息がつまりそうだ。

とはいうものの、もらってみると決して悪い気持はしない。今年は二人の女性からいただいた。一人は妻だが、もう一人はあえて公開しない。妻はイタリア産のワイン、もう一人はフランス製のチョコレート。舶来の習慣には舶来の製品がいいということだろう。私は双方に素直に謝意を表した。チョコレートとワインの組み合わせも、なかなかいい。「味がマッチする」という意味ではなく、並べてみると絵になるのである。もともとは、カカオとブドウの実という自然食材である。が、双方とも原形をとどめないほど加工され、高度な技術を通して嗜好品に生まれ変わっている。また、こういう食品としての〝内側〟に劣らず、容器や包装などの〝外側〟にも手をかけている。このような手の込んだ品であるために、「愛情」や「友情」の表現である贈物に使われるのだろう。

ところで、人間の愛の交換日に合わせたわけではないだろうが、今夜は家の庭で、冬

を越したヒキガエルたちが大いに活躍していた。彼らは、すでに先週の金曜日（二月九日）から出没しはじめていたが、今日の雨で一斉に出たのかもしれない。池の周囲、石段の途中に、体長一二〜一三センチの茶色の丸っこい塊が、いくつもうずくまり、近づいていくと、次々に腰を上げて逃げる。コロコロという鳴き声は、彼らの見かけとは裏腹に、人間の耳にも案外快く響く。それが、輪唱のように微妙にズレながら、四方八方から聞こえてくる。

二〇〇一年には、二月二十八日にヒキガエルが出たと書いた。五年後の昨年は、二月十六日に書いた「春の兆」という文の中でヒキガエルが出たことに触れている。そして、今年は二月九日で、だんだん早くなる。そう言えば、先週の月曜日（十二日）に、庭の東側斜面でフキノトウをいくつも摘んだ。昨年の本欄では二月十六日に「ちょうどよい大きさのものがいくつも頭を出していた」と書いている。自然界の生物たちは、地球温暖化に呼応して生き急ごうとしているようだ。

（二〇〇七年二月十四日）

カプチーノで「ありがとう」

今春から東京で大学生活を始めるため、甥とその母（妻の妹）が伊勢から上京していた。今夜は、彼の入学祝いということで、お台場のホテルでささやかな夕食会を催した。東京湾に臨む窓辺の席からは、ブルーライトで薄化粧したレインボー・ブリッジが大きく見え、その下方で、赤提灯を満載した屋形船が何艘も漂っている。遠景には、ワイヤーフレームのような輪郭を光らせた高層ビル群が並ぶ。東京という街は、やはり昼よりも夜が美しいとの感を強くした。

妻は五人姉妹の長女で、今回上京した義妹は上から四番目である。彼女は、私たち夫婦が横浜で新婚生活をしていた頃、近くに住んでいて行き来していた。また彼女が結婚した後も、私たちの子供が旅行ができるほど大きくなると、休暇中に伊勢で預かってもらったり、それぞれの子が十八歳になった時、自動車の運転免許の取得でお世話になっていた。そして、私たちの末娘は今春、二十一歳で学校を卒業した。義妹の子供は二人いて上が女、下が男だが、その二番目の子がもう大学に行く年頃になったのである。この彼は、私たちの方で預かったことも何回かある。そんな時は、後楽園遊園地や横浜のラーメン博物館などへ連れて行ったものである。彼は今、見上げるような身長一八〇センチの茶髪青年となり、腰から抜け落ちそうなジーンズをはいている。光陰矢の如しである。

「地中海料理」を出すレストランで、魚介を中心にした食事をゆっくりいただいた。平日のためか店内の客はまばらで、静かな時間を過ごせた。最後のデザートには、義妹と甥は紅茶を注文し、妻はカプチーノ、私は普通のコーヒーを選んだ。紅茶とコーヒーが先に出され、私たちは妻の頼んだカプチーノの到着を待った。

数分後に、ウェイトレスがそれを持ってきたが、妻は何を思ったのか、

“Oh, thank you!”

と、大きな声で礼を言った。

私は、「何を気取って……」と彼女の反応を疑った。いくら英語を話すからといって、日本のホテルで日本人の店員に向って英語で言う必要はない。アルコールも飲んでないのに酔っ払いのようだ、と思ったのである。

そのウェイトレスは、目を光らせて、

「ありがとうございます」

と言ってから、私たちのテーブルから去っていった。

義妹と甥は、しかし妻のキザな言葉に抗議や批判をしなかった。私も、それを口にするほどではないと思い、デザートを食べながらコーヒーを啜《すす》っていた。妻は、なぜかカプチーノになかなか口をつけない。私は、自分のコーヒーが半分ほどなくなってから、妻のカプチーノを要求した。私たちは、よくこういうことをする。味や香りを二倍楽しもうというわけだ。

目の前に来たカプチーノのカップを見て、私は驚いた。口まで白い泡が盛り上がっているのは普通のカプチーノと同じだが、その泡の表面にチョコレート色の模様が浮き出している。それを見ると"Thank you."という英字が読め、その後にハートのマークが二つ並んでいるのである。私はこの時やっと、妻の奇矯な行動の理由を了解した。

「料理は口と目で食べる」とはよく言うが、こういう演出に遭遇したのは今回が初めてである。私たちは、コーヒーカップのあの狭い円形の中に、どうやって文字を浮かべるかを議論しながら、その店を後にしたのである。

（二〇〇六年三月十五日）

祖母のメモ帳

祖母の十四年祭に参列するため、長崎県西彼町の生長の家総本山へ来た。祖母が晩年を過ごした生長の家公邸に両親と妻の四人で宿泊したが、この家の一階にある座敷の次の間を、祖母が原稿や手紙を書く仕事場として使っていた。そこには今も幅一・二メートル、奥行き六〇センチほどの小型の文机があり、主のないまま畳の上で安らいでいるように見えた。同じ部屋には壁に埋め込み式の神棚もある。公邸に泊めてもらう時は、朝食前に、そこで四人は天津祝詞《あまつのりと》をあげ聖経読誦をすることになっている。

この日もその御勤めをした後、私は文机の前に何気なく座って右側にある抽斗《ひきだし》を引いてみた。祖母が亡くなって十年以上たつので中は空っぽだと想像していたが、そうではなく、故人が使っていたものがそのまま残っていた。

最上段の抽斗には、筆記具に混じってメモ帳が数冊あった。紙を切り離して使える方式の、銀行などで景品にくれる、葉書より一回り小さいメモ帳である。地元の銀行の名前も印刷してある。中を開いてみると、ブルーブラックのペン書きの細かい文字で何かがびっしりと書き込んであった。

懐かしい祖母の書体だった。空白の紙は一枚もなく、最初のページから最後のページまで文字がいっぱい詰まっているのだ。枚数を数えてみると、全部で二十枚ある。別のメモ帳も、同じように祖母の手書き文字で埋まっていた。その文字は、一角が二ミリから五ミリほどの小ささだから、視力が衰えてきた私は読むのに苦労する。妻と母も、それを見て「わー小さい」などと言いながら文字の判読を試みた。

私は当初、それは月刊誌用の原稿の下書きではないかと思った。その理由は、私が読んだメモの部分には、祖母が海外へ行った時の、人とのやりとりが記されていたからだ。

祖母は、海外旅行にはもちろん原稿用紙を持っていっただろうが、最初行ったときは一九六三年で七ヵ月もの長期間だったから、書くことが多くて手持ちの用紙がなくなったかもしれない。そんな時、ホテルに備え付けのメモ用紙を使うというのはあり得ることだ、と思った。しかし、そのメモ用紙が長崎の銀行のものであることを思うと、この推測の根拠がグラついた。しかも、このメモ帳の裏表紙には二年分のカレンダーが印刷してあり、それは「一九七八年」と「一九七九年」だった。そんな頃に、祖母が海外へ行ったことはない。

妻の推測は、これらのメモ書きは、長崎で講演をする際の準備に使ったものだろうというものだった。その証拠に、メモ帳の表紙には「(1)スミ」とか「話しスミ」などとペンで書いてある。これは、「この中身は講話で話しずみ」という意味だというのである。なるほどそうかもしれない、と私は思った。だが、私自身が講話の準備をする時は、小さい紙にメモ書きをすることはあっても、それは話の〝荒筋〟や〝柱〟を箇条書きにする程度である。ところが祖母のメモ帳には、まるで雑誌に掲載するためのような、きちんとした文章が書きとめられているのだった。

内容は、一九六三年の最初の海外講演旅行の際のものだ。その旅行から十五年後に、地元の長崎で発行されたメモ帳に、何のためにそれを書くのか。その疑問への回答は、やはり講話準備以外には考えられない。一九七八年とは、生長の家総本山に龍宮住吉本宮が落慶した年である。

私は若い頃から祖母の講話を何回も聞いていたが、その時は「実にスラスラとよどみなく話をする人だ」という印象をもっていた。この印象は、祖母が普段の生活の中で、我々孫たちに色々な〝昔話〟をしてくれる時の印象と一部重なっていたかもしれない。とにかく、祖母は力まないで、人に自由に話ができる人だという印象があったから、「小さい紙に細かい字でびっしりとメモ書きをして講話の準備をする」という祖母像には、新鮮な驚きがあった。さらにその時母から聞いた話では、祖母は講話の始まる前は独りで部屋にこもって、人が近づくのを嫌ったらしい。祖母のそういう神経質な側面も、私には意外に感じられた。

それと同時に、以前とは違う親しみを祖母に感じていた。そういう祖母は、私自身の現在の姿とかなり近かったからだ。自分の講習会前の神経質な状態と、細かくメモをとる祖母の姿が重なり合った。私の場合はメモをとるのではなく、パソコン上で

講話のリハーサルをするのだが、使う道具は違っても、心の中で起きている事態にさほど違いはないだろう。そんな新しい親近感を胸に抱きながら、祖母の墓前に参ることができたのは幸いだった。

この日は、泊まった部屋に飾られていたデンドロビュームを描いてみた。

（二〇〇二年四月二十四日）

キンモクセイ香る

ようやくキンモクセイが香る時季となった。

ここ数日、朝自宅の雨戸を開けると、柑橘類に似た馥郁《ふくいく》とした甘い香りが流れてきて、心が躍《おど》る。あぁ、いよいよ本格的な秋が来たと感じるのである。昨年は彼岸の中日には咲いていた花だが、温暖化の進行で季節の歩調が狂い、今年は二週間以上も開花が遅れている。しかし、咲いてくれるだけでありがたい気持だ。

今年、キンモクセイの香りがひと際ありがたい理由が、もう一つある。自宅北側の通用口の脇に植えた一株が育って、今年初めて枝いっぱいの花を咲かせてくれたからだ。「初めて」という言い方は、本当は正確でない。この株を買った三年前には一度咲いたからだ。鉢植えや苗で買った植物は、最初の年は花や実をきちんとつけるものだ。しかし、地植えしてしばらくたつと、その土地のもろもろの条件と折り合いをつけるために植物自身が余分のエネルギーを使うのだろう、花や実がつかなくなったり、ついても貧弱なものになることが多い。そして、移植地の環境に適応したものだけが、そこで立派に成長するのである。

この点、植物は子供の成長と似ている。私は十八歳から子供三人を外へ出し、学生時代を一人で過ごさせた。言わば〝株分け〟をしたのである。その後、就職しても、社会人として安定的な成長が始まるまでは、分かれた〝株〟はとかくゴタゴタ、ドタバタするものである。長男は、三年ほど勤めた会社を同僚とともにやめて、起業した。二男は、最初の会社に数ヵ月で見切りをつけ、兄の会社で数年働いたが、今は別の可能性を求めて就職活動中だ。学生だった三番目の長女が、ようやく仕事らしい仕事を得たのが今年の春だ。三人とも、これからいろいろ苦労しながら成長していくだろうが、そういう秋に、一時元気がなかった庭のキンモクセイが花をつけた。これを「幸《さい》先《さき》良し」と感じるのは、親のひいき目だろうか。

今朝は、雨上がりの明治通りを妻と一緒に本部事務所まで歩いて行った。途中、日露戦争の英雄、東郷平八郎を祀《まつ》る東郷神社の境内を通るのだが、そこはキンモクセイの香りでいっぱいだった。この花は橙色をしているが、小さいので目立たない。私が香りの主を探して目をキョロキョロさせていると、妻が目の前の背の高い立木群を指差して、

「あそこに立派なのがあるわ」

と教えてくれた。

二階の屋根に達するほどの木が三〜四本、豊かな枝を広げて並んでいるのが、緑の塀のようだった。よく見ると、その緑の隙間から、橙色の豆粒のような花がいっぱい顔を出している。それに比べ、わが家の通用口の苗木は、まだ胸のあたりまでしかない。

「うちの木があの大きさになるころは、僕らはもういないね……」

私はそう妻に言ってから、自分の言葉の意味を改めて考え直した。妻は、「そうね……」と答えたような気がしたが、返事の声は小さくてよく聞き取れなかった。

二人は黙ったまま、キンモクセイの前を通り過ぎた。妻と私は昨日、八十六歳で他

界した親戚の告別式に出席し、棺に色とりどりの花を詰めて帰ってきた。花に埋もれた老人の、眠ったような顔が、私の脳裏に鮮明に残っていた。こんなに多くの花が、一人の人間の葬儀に使われるのだ、と私は改めて感心した。花と人間の深い関係が、そこにもあった。

樹木の中には、人間よりはるかに永く生きるものがある。キンモクセイがそれに当たるかどうか知らないが、東京のような都会でも、植えた人間がどこかへ移っていった後も、立派に生き続ける木は無数にあるだろう。最初は自分のために植えた木でも、やがて多くの人々のために新緑を輝かし、木陰をつくり、香りを送り、実を落とし、黄葉・紅葉で人の目をなぐさめる。植物のもつ「根を張って動けない」という不自由が、逆に偉大な菩薩行を可能ならしめている。そう考えると、私は樹木の前で手を合わせたくなるのである。

（二〇〇七年十月九日）

キンモクセイ散る

十月に入り東京の住宅地を歩いていると、気づくことがある。甘いキンモクセイの香りがあちこちからほのかに流れてくるのである。まずその香りで気づき、それから周囲を見回し、小さな橙色の花をいっぱいつけた立木を見つけて「あ、こんなところにも……」と思う。その木の数の多さに驚かされるのだ。きっとあの家の人もこの家の人も、この芳香を楽しむためにキンモクセイを植えたのだ、と思う。そして、会ったことのないその家の人に、〝同類〟としての親しみを感じる。

私の家の庭にも、背の高いキンモクセイが一本立っている。しかし西側の竹林の脇にあり、その上を楓《かえで》などの広葉樹が覆《おお》っているため、日照が足りなくて花をつけない。それでも、この時期になるとどこからともなくあの芳香が漂ってくる。妻に聞くと、隣の家にあるのだという。今年の三月、私の家の北側の花壇に手を入れたついでに、高さ一・二メートルほどの幼木をそこへ植えた。植えた年に花は期待できないと思っていたが、条件が良かったのか、十月の初めに花をいっぱいつけてくれたので、妻と二人で喜んだ。その花は、今はもう跡形もない。

キンモクセイの花は、比較的短期でいっぺんに散ってしまうようだ。花が散れば次は実が成るというのが普通だが、キンモクセイはイチョウと同様に雌雄異株で、ものの本によると、日本にあるのは雄株だけだという。実がなくても挿木で殖やせるからだろう。原産地の中国には雌株もあって紫黒色の小さい実ができるらしい。果実好きの私としては、ぜひ実を見てみたいと思う。

さて、今日の東京地方は、ノロノロ運転の台風20号がやっと東へ去ったおかげで、久しぶりに雨が上がり、午後からは陽射しも差した。ということで、満を持してジョギングに出た。明治神宮外苑の周りを走っていると、歩道のあちこちに、オレンジ色の絵具をバケツで撒《ま》いたようなシミができている。近づいていくと、キンモクセイの花が散り敷いた跡だ。それだけの数のキンモクセイが外苑の道路沿いにあるのを、私は知らなかった。生長の家本部に隣接する原宿外苑中学の敷地にも一本立っていて、校庭から歩道にかけて橙色に染まっていた。こういう光景を目にすると、「自然はなんと贅沢か」と思う。香水をふんだんに撒くだけでなく、大量の絵具を大地にふりかけて、秋の一コマを演出する。

橙に木蔭染めたり木犀花

（二〇〇五年十月十九日）

ハローウィン・カボチャ

ハローウィンが近づいてくると、街の花屋やデパートには橙色のカボチャが飾られる。私が子供の頃は、「ハローウィン」という言葉自体があまり聞かれなかったが、近ごろはこのアメリカの習慣がずいぶん日本にもなじんできたようだ。子供がまだ小さい頃、私は青山の紀ノ国屋や西麻布のナショナル・スーパーマーケットへ行って中型のカボチャを買い、家でその中身をくり抜いてカボチャ・ランタンを作った。そして、ハローウィンの夜には、私と子供はシーツを頭から被ったり、ゴム製の怪獣のマスクなどを被って家の外へ出、庭から家人を脅かしたり、隣家へ行って“Trick or treat!”（ごちそうくれなきゃイタズラするゾ！）と叫んだ。隣家の住人である私の母は、最初はこの悪ふざけが何のことか分からないようだったが、そのうちに飴玉などを用意して孫の相手をしてくれるようになった。

子供がみな成人して家からいなくなった今は、そんな楽しい記憶を反芻《はんすう》しながら店に飾られた橙色のカボチャを眺《なが》めるだけである。一週間前、青山の大丸ピーコックへ妻と行ったとき、直径一〇センチほどの小型のカボチャが売られていた。一度その前を通り過ぎたが、その美しい橙色と手ごろな大きさ、そして「二〇〇円」という安さが忘れられず、つい買ってしまった。カボチャの表面には、黒い粘着テープのようなもので目鼻口が貼ってある。こんなインチキな方法で済ませるのではなく、ちゃんと中をくり抜いてランタンにしてやろう、と思った。もう子供はそばにいないが、〝私の中の子供〟が昔の遊びをしてくれとせがんでいたのかもしれない。

今日の夕方、一週間前にたてた計画を実行した。ちょうど数日前、妻が購読しているアメリカの家庭雑誌『*Country Living*』(田舎生活)の十月号が届いていて、ハローウィン特集をやっていた。その表紙の橙色の文字、文字の下に並んだ橙色のチョコレート・カップケーキを見ていたら、同じ色のカボチャの工作が無性にしたくなったのだ。カボチャは皮も実も柔らかく、工作は切出しと彫刻刀とスプーンを使って難なくできた。妻が小さなロウソクの燃えさしを探し出してくれたので、それを空洞になったカボチャの中へ入れ、火をつけてみた。カボチャの頭は、なかなか趣のある輝きを出して光った。

ところで、ハローウィン（Halloween）の hallow とは、アングロ・サクソン語で「聖徒」（saint）を意味する。キリスト教の諸聖人の祝日が「万聖節」で十一月一日に祝うが、この前夜祭である「All Hallows' Evening」がつづまって「Halloween」と呼ばれるようになったという。が、もともとの起源はそれより古く、古代ケルト人が死の神・サムハインを讃える祭から来たらしい。ケルトの地から地球を半周して日本へ来ると、もともとの意味はほと

んど失われ、カボチャと仮装行列を前面に出した〝大お化け祭〟のようなものになりつつあるようだ。しかも、バレンタインデーの後を狙ってか、ディズニーランドやユニバーサルスタジオ、六本木ヒルズなども特別グッズを販売したり、催し物を大々的に行うようになった。私の住む東京・原宿の表参道は、日本でのハローウィンの〝発祥地〟を自任しているが、今年は三十日（日曜日）に地元の商店街主催で二十三回目の仮装パレードを実施する予定だ。

（二〇〇五年十月二十七日）

カボチャをくり抜く

今日は休日を利用して、カボチャをくり抜いた。例のハローウィンの飾りのためである。最近は、このアメリカ産の秋祭が日本の街にもすっかり定着した感がする。あちこちのショーウィンドーや花屋の店先に、黄色いカボチャが飾られている。私が子どもの頃は、ハローウィンが何であるかを知る人は少なく、知っている人間は、こっそり〝舶来製品〟を身につけているような、何か妙な特権意識をもっていたものである。

私がハローウィンのことを初めて知ったのは、恐らく中学の二〜三年（十五歳）の頃だ。それは、淡い初恋の思い出と重なっている。当時、私が通っていた青山学院中等部では毎年、英語のスピーチコンテストをやっていて、私はそれに出場したことがある。その頃、東京・渋谷の宮益坂に英会話学校があり、私は両親に勧められてそこで英会話を勉強していた。そんな関係で、英語を話すことは苦手でなかったようだ。そのスピーチコンテストに一学年下の部で出場した女の子に、私は好意を寄せていた。その子は、アメリカに短期留学したか、あるいはホームステイをした時のことをコンテストで話し、そこにハローウィンが出てきたのだった。子供たちが仮装をして近所の家を回り、“Trick or treat!”と言う様子を彼女が楽しげに話したのを、私はドキドキしながら聞いていた。

　ハローウィンの由来については、前に書いたので繰り返さないが、起源は古代ケルト人のサムハイン（Samhain）祭と言われる。死の神であるサムハインを讃え、新しい年の到来と冬を迎えるための祭で、十月三十一日の夜には死者の魂が家に帰ると信じられたらしい。今日の日本ではそんなことは問題とされず、二月のバレンタイン・デーに次ぐ商業主義的西洋祭となっている。

　子どもがまだ小さい頃は、私はサッカーボール大の大きな黄色カボチャをくり抜いたものだが、それを面白がってくれる人はもう妻だけになった。そこで今日は、夫婦で渋谷へ買い物に行ったついでに、花屋で売っていた直径九センチほどの黄色カボチャを二個買った。そして、〝笑顔〟と〝怒り顔〟の夫婦カボチャに仕立ててみた。作ってみて、気がついた。カボチャを人の顔の形にくり抜くという行動は、対称性論理にもとづいている。生物学的には全く異なる「人間」と「カボチャの実」という二つのものが、これによって対称性を獲得して〝似たもの同士〟となる。我々夫婦は、これからしばらくの間、このいずれかのカボチャに自分を同一化して生きることになるだろう。

もう一つ気がついたことは、サムハイン祭も対称性論理にもとづいているということだ。毎年〝あの世〟から〝この世〟へ死者の魂が帰ることを宗教行事とすれば、生

者と死者は、いくばくかの対称性を獲得する。日本の〝お盆〟の習慣とも似ているようだ。

（二〇〇八年十月十六日）

父の誕生日

今日は父の誕生日なので、わが家恒例のディナー・パーティーに父母を招待した。とは言っても、私たち家族五人と父母を合わせた七人で夕食を共にするだけの質素なパーティーである。一人暮らしをしている大学生の息子二人も来て、久しぶりの一家の顔合わせでもある。食事は午後六時からだったが、料理人の私は、午後四時ごろ帰宅して妻と二人で準備を始めた。分担は、私がメインの寿司作り、妻は副菜の「福袋と紅葉麩《もみじふ》・ホウレンソウの炊き合わせ」と「五目野菜のキノコ汁」を作った。父は海苔巻が好きなので、二種類の太巻を計四本と、あとは色取りのいいマグロ、サーモン、ブリの握りということになった。

わが家で海苔巻をする時は、たいてい太巻の「旭巻」というのを作る。これは、も

う四～五年前になると思うが、私が生長の家の講習会で小樽市へ行った時、小樽の寿司屋通りにある「旭寿司」で食べた太巻のことだ。それがとても美味しかったので、巻物の中身をメモに書いて持ち帰り、家で作ってみたら、皆の評判も上々だった。以来、わが家の定番となった。中に入っているのは、マグロの中落ち、イカ、海藻、キュウリ、オオバ、それにガリ（甘酢ショウガ）である。これらをたっぷり入れて、しっかりと巻く。すると歯ごたえのいい、複雑な味わいの寿司となる。ポイントは、マグロの柔らかさとキュウリやガリの歯ごたえのコントラストだろう。もう一種類の太巻は、カニ足、アボガド、キュウリ、オオバで作った。こち

らは、カリフォルニア・ロールの亜種である。

大学一年の二男と高校二年の娘が五時半ごろから助っ人に入り、寸前まで授業があった大学三年の長男は、食事開始の六時を数分回って駆けつけた。男の子二人は毎月の仕送りがあまり多くないので、不足分はアルバイトで補っている。だから、普段は寿司などあまり口にできない。そして、家に来ると「この時」とばかりよく食べるのである。今回もそれを見込んで七人分の寿司のために五合の米を炊いたが、あれよあれよという間に寿司は消えた。寿司に使った残りの魚肉も、きれいになくなった。これだけ食べてくれれば、作り甲斐があるというものだ。

夕食後に、父へ贈り物を渡した。私たち夫婦は、父が最近買って使い始めたニコンのデジタルカメラ用の記憶装置（コンパクト・フラッシュカード）を贈り、子供たちは文庫本用の皮製ブックカバーを贈った。父が最近、島崎藤村の『夜明け前』を文庫本で読んでいることなど、子供たちは知るはずがないだろうが、よく考えた贈り物だと思った。

（二〇〇一年十月二十三日）

わが家のきまり

昨日、中央教育審議会の分科会がまとめた「新しい時代における教養教育のあり方について」の最終答申案の中では、「わが家のきまり」づくりが奨励されているという。何のことかと思って、それを伝える『産経新聞』の記事を読むと「テレビやゲームに費やす時間を制限するなど」のことを家庭で決めろという話らしい。それを知って、私は「では、今の多くの家庭では、子供はテレビの見放題、ゲームのし放題なのか?」と驚き、何か情けなくなった。

「子供に好き放題のことをさせるな」というようなことを、一国の大臣が言わなければならないほど、現代の親は何もしないのだろうか? わが家が「平均的」でないことは百も承知だが、子供のしつけに厳しい家庭はいくらでもあると思っていた。でも、

本当にわが家は〝絶滅しつつある種〟(endangered species) なのかもしれない。

私は昔から、脳科学的に言って幼児にテレビはあまりよくないことを知っていたし、そうでなくても現代のテレビ番組が俗悪でナンセンスであることは分かっていたから、三人の子供が小さい頃から、テレビを見せる場合は時間と内容を厳密に管理してきた。それでも、見るに値する番組はあまり多くないので、善さそうなビデオを買って来て何回も見せたりした。また見る時間帯も「夜の何時まで」と決めた。テレビゲームの場合も、「平日は何時間、休日は何時間」という制限をつけた。妻も（私より厳しくなくとも）その考え方には賛成だったから、テレビを子守り代わりに使うなどということは絶対になかったと思う。だから、不満に思った子供たちは、「学校で共通の話題がない」などとよく妻に文句を言っていた。が、私は知らん顔だった。

作詞家で作家の阿久悠さんの書いた『第3の家族――テレビ、このやっかいな同居人』（KSS出版）という本は、テレビの魔性についての優れた観察で溢れている。ほんのわずかな例だが……

テレビジョンは悪魔の発明であると同時に悪魔の弟子で、各家庭に入り込み、わずか二メートルの距離で対面暗示をかけつづける。

「一度の失敗は命とりだが、それを三日つづけると人気者になることができる」などという信じ難い法則が、テレビジョンを通じるとできる……

社会現象に対するある種のキャンペーンも、時には、社会に存在するのならやってもいいやという感覚で受けとめられ、犯罪にしてからが、ほかの人もやっていることといった安心感を見る人に与えてしまう。

「九九パーセントの美徳よりも一パーセントの悪徳を人間は信じたがる」を利用したのがテレビジョン……

デッドボールが珍プレーという、感覚の怖さ。そこには、デッドボールが命に関わるかもしれないということを、麻痺させるものがある……

以上はテレビ番組の「内容」に関する警告だが、「テレビを見ること」自体が危険だとの見解もある。幼児の脳はいくつもの段階を経て発達するが、その間に〝余分〟な部分が大量死する期間がある。それはちょうど木から彫刻を作る時、大きめの材料をそろえてから、余分な部分を大きく削るようなものだ。二番目の脳の成長期は七〜八歳ぐらいで終り、その後に脳細胞の大量死が来る。

脳の重要な働きの中に「言語を自動的に内的イメージや映像に変換する」というのがあるが、この能力を鍛える最もよい方法が、本を読んでもらったり、自分で読書することだ。これをすることで、子供は言語を通じて他人の気持を理解し、共感する能力を発達させる。しかし、テレビの登場により、親は子に本を読まなくなった。テレビは音声と映像が同時に出るから、音声を通じて脳内で映像を作る必要がない。使わない脳の部分は、この後の大量死の時に削り取られる。だから、テレビで育てられた子は、想像力に欠け、言語発達が遅れ、他人の気持の理解に欠ける——こういう理論である。

こういうことを幼稚園児や小学生に説明しても、理解するはずがない。だから、「わが家のきまりはテレビを見ないこと！」と頑固オヤジは憮然《ぶぜん》と言い放つほかはない。父親は憎まれるのも、一つの仕事なのだ。その代わり私は夜、子供たちに本を読んであげるのを仕事にしていた。

（二〇〇一年十二月十八日）

クリスマスの買い物

休日の木曜日を利用して、妻と買い物に行った。クリスマスがすぐそこまで来ていたから、この日を逃がすわけにいかなかった。

日本橋の三越デパートに開店と同時に入り、まず大学生の息子二人にあげるクリスマス・プレゼントを妻が選んだ。同じ売場でネクタイのセールをしていたので、興味半分で物色してみると結構いい柄のものがあったので、妻の助言をもらって二本選んだ。それが、妻から私へのプレゼントということになった。また、すぐ近くの売場で冬物のパジャマのセールもしていたので、彼女の勧めで一着買った。さらに妻は、誕生日が近い実家の父親にプレゼントを買った。次に別の階で、娘用のプレゼントを妻が選んで買った。そして「今日はなかなか効率のいい買い物をしてるね」と二人で顔を見合わせた。

昼の時間が近づいてきたので、デパートを出て、六本木の東京全日空ホテルへ向かった。そこの寿司屋でランチを食べて、今度は父母へのプレゼントはないかと付近の商店を物色した。この周辺のビルにはアメリカの企業が多く入っているので、テロ対策のためにガードマンがそこらじゅうにいて、人の流れを規制している。だから、近くの店に行くにも遠回りをさせられたりして、歩き疲れた。

ちょうど店内禁煙のコーヒー店があり、いい香りがしていたので、二人は一息つくことにした。一人分のカプチーノを頼んで二人でテーブルについてゆっくりしていると、そこの店員がやってきて、クリスマス用のオリジナル・ブレンドを作ったので試飲してみないかと言って、小さい紙コップを差し出す。断る理由もないから、有難くいただいた。

父母へのプレゼントは結局、そこでは見つからず、私たちは再び車を走らせて、渋谷の東急デパート本店へ入った。ここで母へのプレゼントを買い、さらに妻のためにセーターを買った。結婚して二十年を越す我々だが、相手の着るものを一人で買って失敗することがいまだにある。自分の趣味で買ったものが、相手に似合わないことが結構あるのだ。そんな理由もあって、私用のネクタイも二人で相談して選んだ。だから、彼女に贈るセーターも実際に彼女に当ててみて買うのが一番だった。こうして、予定の買い物の九〇％をこなして帰宅した時は、もう午後三時を回っていた。

こんなたて続けの買い物をしてみると、都会での消費生活の不自然さを実感する。「贈物の買い物は疲れる」のはなぜかと考える。きっと選択肢があまりにも多いからだろう。しかも、相手がすでに同じようなものを持っている

可能性があるから、なおさら選択に頭をひねる。さらに「心がこもったものでなければ……」などと考えると、良さそうなものを見つけても、安いとそのことが気になってしまう。

これが現代でなく、大昔の田舎の生活者だったらどうなるか。そういう時代の贈物は、自分で作ったり捕《と》ったりしたものしかない。だから、それは相手が持っていない〝オリジナル〟だし、自分で作るものや捕れるものには選択の余地はあまりない。（海《うみ》幸彦《さちひこ》、山幸彦《やまさちひこ》の話を思い出す）そして自分の手を動かして得たものだから、もちろん心がこもっている。文明が発達して、贈物が難しくなったのだ。

（二〇〇一年十二月二十日）

第二章

動・植・物

不思議の花

植物の命は不思議だと思う。太古のハスの実から花が咲くこともあれば、生き生きとしていた鉢植えの観葉植物が突然、枯れてしまうこともある。また、植物のどういう状態を「生きている」というのか、外からの観察では分からないことがある。しかし、切り花の命は比較的分かりやすい。花がしおれたり、葉が黄色くなったりすれば、その植物の命はもう終りに近いと言える。では、一輪のバラの切り花は、どのくらい寿命があるのだろう。

私の家の食卓の上に、ピンクのバラの花が入った一輪差しが置いてある。このバラの花は、年末の二十七日に人からいただいた花束の中の一本である。冬は寒いので花のもちがよく、その花束は美しいまま約一ヵ月もった。それでも二月の初めには弱ってきたので、妻は天井から吊るして乾燥させ、今はドライフラワーになりかかっている。でも、この一輪だけは、まだしっかりと上を向き、桃色の柔らかい花びらの色も、咲いた当初とさほど変わっていないのである。葉も、茎もピンとしているのだから、まだ生きているのである。

二月に入ってから、この花の命がどのくらい続くかが私たちの関心事になってきた。

もう二週間がたった。さすがに花弁の先端が少し巻いて水分が減ってきたことを示しており、萼《がく》は黄色くなっている。長もちの原因は分からない。いつも寒い中に置いてあるのではなく、暖房機から約一メートル離れたテーブルの上にある。だから日中の気温は一五度以上になり、夜は零度近くまで下

がるだろう。十日ほど前から、水も替えていない。急激な変化で異常を起こさせたくないからだ。

植物は声をかけてあげたり、音楽を聞かせてあげるとよいなどという説もあるが、私たちが「すごい花！」とか「まだきれい！」などと言っているのがいいのだろうか。

（二〇〇一年二月十四日）

キーウィー

生長の家の講習会で静岡市のツインメッセへ行ったが、会場到着が少し早かったため、控え室へ入った。テーブルの上にはフルーツ・バスケットが置いてあり、バナナ、グレープフルーツ、キーウィーなどが盛り上がっていた。家で朝食をすませていた私は、キーウィーを半分だけいただくことにした。

実は、私の家の庭にはキーウィーが生えている。もう七〜八年前になるが、調布市・深大寺の近くの植木屋に行った時、雌雄の苗木が売られているのを見つけ、面白半分に買った。それがあっという間に成長して、今では春夏の成長期に棚から蔓《つる》を溢れさせる。こまめに切らないと、周りにある紅梅やポンカン、松の木にまで巻きついて見苦しい。そんなに旺盛な生命力だから、さぞ大きな実ができるかというと、そうでもない。肥料をあまり与えないせいもあるが、長さ五センチぐらいになっても、スーパーで売っているような丸々とした玉にはならず、所々にシワが寄っていたりする。去年の秋は百五十個ぐらい穫れた。

私が子供の頃、キーウィーは日本にはなかった。日本に最初に輸入されたのは一九六四年という。私はそれを最初に目にした時、「ケモノの卵」かと思った。表面が薄茶色で短い毛が一面に生えていたからだ。大体この「キーウィー」という名前は、ニュージーランドに棲む同名の鳥にこの実が似ているところからついたというから、確かに動物的なのだ。しかし食べてみると、

そのさわやかな酸味がなかなかいいし、ビタミンCを豊富に含む。果物の中では珍しく、収穫してもすぐ食べられず、追熟させる。その時、一緒にリンゴを置いておくと早く熟すると言われている。

キーウィーは、中国原産のマタタビ科の植物だ。だから、繁った蔓や葉を切って放置しておくと、どこかからネコがやってきて、葉や茎に顔を押しつけて陶然とした状態になる。だからと言って、ネコはキーウィーの実を食べるわけでもない。生物界はなかなか不思議なものである。

（二〇〇一年三月十一日）

カラスの仕業

今朝、庭で飼っているブンチョウの世話をしに行ったとき、足元に青いパンジーの花が散乱しているのに気がついた。花が四～五輪散らばり、茎や葉がそれについているが、根や土は見当たらない。真っ先に想像したのは、庭を住処《すみか》としているノラネコ達のうちの一匹がやったということだ。実は一昨日、玄関先の石段の隅に置いてあったパンジーの植木鉢が、ネコに倒されて割れてしまった。だから「またアイツか？」と考えた。しかし、周囲にパンジーの植木鉢はなく、また植えられているわけでもない。いったい何者の仕業か？

さらに周囲を見回し顔を上げてみると、軒下に吊るされたいくつかの植木鉢の一つに、同じ色のパンジーが咲いているのに気がついた。ネコが跳びつくには高すぎる位置だし、跳びついたとしても何のためか疑問が残る。そこで「下手人《げしゅにん》はカラスだ」と思った。しかし、何のために？

妻にこのことを知らせると、彼女は剣幕を起こしながら「これはカラスだわ！」と犯人を断定した。そして、このパンジーを咲かせるまでに彼女がどれほど世話してきたかを訴える。私は、「あぁそう、それは残念だね……」などと言うしかない。彼女は続けて、二階のベランダに置いてあった植木鉢の話を始めた。「そうそう……」と私も思い出した。

この植木鉢は二つあり、ベランダの縁に掛けてあったもので、娘がまだ家にいた頃、彼女が中に入れる植物を選んで植えた。ところが、いつかカラスが飛んできて、その植物を根こそぎ引き抜き、ベランダの床に捨てた。これが確かまだ暑い季節だったので、抜かれた植物はすぐに死んでしまった。カラスの〝犯行現場〟を見た者はいないが、わが家ではすぐに「カラスの仕業」ということになった。

〝状況証拠〟だけで犯人を断定していいか！――と読者は疑問に思うだろうか？　私が考えるに、この断定には根拠がまったくないわけではない。拙著『心でつくる世

界』にも書いたが（一〇一頁）、カラスは実に不思議な習性をもっていて、線路に〝置き石〟もするのである。これは、一九九六年当時の神奈川県警の結論だ。現在では多少、解釈が変わってきているかもしれないが、とにかくカラスには「貯食」という習性がある。カラスだけではなく、同じカラス科のカケス、オナガ、カササギなども貯食をする。貯食とは「食糧を貯める」ことだ。余分な食糧を後々のために隠しておくという知恵がある。

また食糧だけでなく、理由は分からないが、さまざまな雑物を取ってきて隠す習性がある。鳥の生態に詳しい唐沢孝一氏の『カラスはどれほど賢いか』(中公新書)によると、カラスが隠すガラクタ類にはガラス玉、ビール瓶の栓、石鹸、時計、鉛筆、万年筆、キセル……など、いっぱいある。それらを土に埋めたり、屋根の隙間、樋《とい》の中などに隠す。その過程で植物を引っこ抜いたり、花を抜いたりすることは十分考えられると思う。

ということで、妻はさっそく被害に遭った植木鉢の中を点検したが、そこには異物は発見されなかった。では、何者の仕業なのだろう？　隠そうと思ったカラスが、途中でやめたのかもしれない。結局、真犯人は分からずじまいだが、この犯人に私は感謝したいことがある。それは、彼(または彼女)のおかげで散乱したパンジーの花を、妻があわててグラスに挿してくれたからだ。私は普段、日中は家にいないから、こんなパンジーが咲いていることなど気がつかなかった。でも、これから数日は、暗くなってからも、居間のテーブルの上でこの花の美しい「青」を観賞できるのである。

(二〇〇五年四月三日)

失敗と成功

〝花金〟と言えば「花の金曜日」だが、木曜日が休日の私は〝花水〟だ。ということで、レオナルド・デカプリオ主演の映画『アビエイター』を見ることにした。

　午後七時開演に間に合うように夕食をすませるつもりで、妻と二人で家を出た。目指すは、映画館のある六本木ヒルズ。ところが、席を確保するために事前に映画館のチケット売場へ行くと、前の回は五時開演で、次の開演は午後八時二十分だという。出発前に家から映画館に電話をかけて確認した時間と、大いに違っていた。抗議しようと思ったが、今さらどうにもならない。最終回の八時二十分まで待つのはシンドイし、どうしても見たい映画でもなかった。また、「いつでも見れる」と思ったので、悪アガキはやめてスッパリと諦めた。

では、ゆっくりと夕食を……と思って、周囲を歩き回って安めの和食屋へ入った。一時間半ほどたってその店を出て、地下鉄日比谷線の駅近くの本屋へ寄った。時間に余裕のあるときには、我々はよく本屋へ入る。そして、思い思いの棚の前へ行って物色する。だが今日は、私は店の中へすぐには入らず、店先の路上の棚でセールをしていた洋書の前で立ち止まった。「掘り出し物があるかもしれない」と思ったのだ。

この種の路上セールに出される洋書は、流行作家の小説や、英文科の女学生好みの作家の本や旅行書が多い。しかし、場所が六本木だから、ネイティブ・スピーカー用の普通の本もあるかもしれない……などと思いながら、何の気なしに一冊を棚から抜き取った。本当に「何の気なしに」で、背表紙の文字もロクに読まなかった。その本を手に持ちながら、しかし私の目は近くの別の本の表紙に書かれた「*SILENT SPRING*」というタイトルを読んだ。どこかで聞いたことがある。著者名を見ると「Rachel Carson」とある。そうだ、レイチェル・カーソンの名著『沈黙の春』だった。思わず手に取ってみたが、この本の和訳本の文庫版はもう買って家にある。いくらセールとはいえ、二冊ある必要はないと考え、棚にもどした。

もう一方の手に持っていた本を、私はその時改めて見た。著者の「ROSENBERG」という名前が、記憶に引っかかった。知っている名前だと思ったが、誰なのか思い出せない。タイトルは「*the transformed cell*」とある。副題は「*unlocking the mysteries of cancer*」だ。著者は「ＭＤ」[*1]であり「ＰＨＤ」[*2]であり、癌（cancer）に関する本である。ここまで読んで、私は思い出した。記憶とは不思議なもので、一端をつかむと、それに引かれてズルズルと残りが出てくる長い紐《ひも》のようだ。癌の免疫療法をアメリカで行っている医師のことを、もう何年も前にＡＢＣニュースで見た。その医師の、白髪混じりの短髪とアゴ鬚《ひげ》までも目の裏に浮かんできた。その人の名前が確か「ROSENBERG」なのだった。立ち読みで「まえがき」を読み、確信を得たので買うことにした。セール本の売値はどれも五〇〇円だから、私にとっては確かに〝掘り出し物〟だった。

このローゼンバーグ博士の弟子として働いていた日本人医師が帰国し、癌の免疫療法をしていることを、私はかつて生長の家の講習会で話していたことがある。患者自身の免疫系にあるＮＫ細胞[*3]を血液から取り出し、試験管内で大量に増殖させ、それを再び体内にもどして癌細胞と戦わせる――こういう治療法である。人間には本来、癌を治す力があるということを、医学的にこれだけ有力に立証するものはない。そう思って紹介していた。だから、懐かしい気持でこの本を手に持ち、帰途についた。

私は、本とのこういう〝予期せぬ出会い〟を大切にしている。「本が自分を招ぶ」と言えば迷信臭いかもしれないが、「人間は意識せずに必要な本を見つける能力をもっている」と感じるような出会いを、私は過去に何回も経験している。多分これは「親和の法則」の一部だろう。そのおかげで、お目当ての映画の時間を間違えたという〝失敗〟も、見事に〝成功〟に変わってしまった。

（二〇〇五年四月十三日）

＊1　MD（Medical Doctor）……医学博士、西洋医学の医師。
＊2　PHD（Doctor of Philosophy）……博士（号）、学術博士。
＊3　NK細胞（natural killer cell）……ナチュラル・キラー細胞。リンパ球の一種。腫瘍《しゅよう》細胞を融解する機能をもつ。

桜下の午睡

休日を利用して、妻と連れ立って新宿御苑に花見に行った。関東地方はサクラの満開も過ぎ雨も続いたので、「どうかな?」と思いながらだったが、なかなか見事な咲きっぷりを堪能できた。

久しぶりの晴天だったので、春の日差しを全身に浴びようと、御苑には大勢の人々が繰り出していた。我々もその中に混じり幸せな気分に浸った。ソメイヨシノは満開を過ぎて一部葉桜となっていたが、まだ蕾《つぼみ》の固い八重のサクラもあり、まさに満開の白いサクラもあり、ピンクの枝垂れ桜もあり、その他、聞いたことのない名前のサクラが何種類もあって、「よくぞこれだけ集めた」との感想をもった。それぞれの木の幹に〝名札〟がついているのが嬉しい。人間はなぜか、名前を知ると何か分かった気がして安心する。しかし、本当は何も分かっていないのだ。

ソメイヨシノの美しさは、空に向かって一斉に咲く淡いピンクの豪華さにあるが、「ああこれは吉野桜」と名前が分かったとしても、その名前は単なる符号で、桜の生命力を何も表現していない。

同じように、シダレザクラの美しさは、無数の細い滝のように、上から下へ降り落ちるような濃いピンクの流れにある。が、「あれは枝垂れ桜だ」と分かっても、その名は植物の特徴を一部表していても、美しさについてはあまり語らない。
サクラの見事さは、咲き誇

るときより散るときにある、と思う人も多いだろう。わが家の庭には南西の端近くにヤマザクラが一本立っているが、それが決して見えない東向きのベランダにも、白い花弁が風に乗ってひらひらと散る。多少風が吹いていた今日は、だから御苑の芝生には周囲の様々な木から降り落ちる花弁が、黙々と、次々に着地する。木の下で弁当や菓子袋を開いていた人たちは、きっとその花びらを食べそうになったに違いない。

木のもとに汁も鱠《なます》も桜かな（芭蕉）

我々二人も芝生の上に腰を下ろし、午後の光の中でのんびりと読書をすることにした。が、しばらく陽射しを浴びて体がポカポカしてくると、眠気がやさしく体を包む。私は、きりのいい所まで本を読み進めると、両肘を突っ張って支えていた体重を芝生にどっと預けて目を閉じた。恐らく撮影のためだろう、上空を低く旋回するヘリコプターの爆音が、しだいにうるさく感じなくなった。

小一時間ほどして、体の節々に痛みを感じながら我々は芝生から起き上がった。そして、夕食のホッケの干物に添える大根おろしのダイコンを求めて、御苑をあとにした。

咲き満ちる桜仰ぐ人 車椅子

（二〇〇五年四月十四日）

竹林へ行こう

今朝、庭のタケノコを四本採った。

二本を隣家の父母に渡し、残りを妻が茹でた。今春二回目の収穫だが、東京のど真ん中で採りたてのタケノコが食べられるということは、感謝してもしきれない。若竹煮やタケノコ御飯、木の芽和え、ちらし寿司、中華スープ、八宝菜、野菜餡かけ、タイ・カレー……など、多くの料理に使える。もちろん私が使うのではなく、妻が使う。私は「食べる人」だけでは申し訳ないので、毎年この時期になると「掘る人」の役を買って出る。庭の南西の隅にモウソウ竹の林があるので、子供がまだ小さい頃は、彼らを動員して掘った。その際、庭の真ん中や軒下、あるいは既存の竹の脇など「出てはいけない」場所に出たものを優先して採る。そして、翌年のことを考えて、伸びるべきところのものは放っておく。そんな付き合い方をしてきたが、モウソウ竹は地下茎でどんどん広がっているのである。

四月十七日の『産経新聞』が「主張」欄で、モウソウ竹林の放置問題を取り上げている。日本全国の里山で、世話する人がいなくなった竹林が荒れ放題で拡大し、景観を損ねているだけでなく、生物多様性の減少問題も引き起こしているという話だ。そこで、これを積極的に利用して燃料に使えば、二酸化炭素の排出削減にも役立つというのだ。とてもいいアイディアだと思う。

ブッシュ大統領は今年の一般教書演説で国内での代替燃料の開発を推進する考えを打ち出したが、その演説の中に「トウモロコシからだけでなく、木屑《きくず》や雑草などからもエタノールを作れる革新的な技術研究を進め、二〇二五年までに中東から輸入される石油の七五％を代替できるようにしたい」という野心的な構想があった。アメリカは世界最大のトウモロコシ生産国だが、その多くは動物の飼料になる。注目すべきはそういう穀物ではなく、「木屑や雑草」からエタノールを生成するという発想である。それがもしできれば、アメリカの国土の広さから考えても、温暖化防止に大きく貢献すると思うのだ。国土の狭い日本の場合は「木屑や雑草」ではなく、成長が速い「竹林」の活用を考えてみたらどうだろう。竹林を「厄介者」と考えないことだ。それは〝春の味覚〟の宝庫であるだけでなく、代替燃料の生産地であり、地震の際の安全地帯でもあるからだ。

私は生長の家の講習会で日本各地を回るが、竹林の無秩序の拡大で荒れている山を見るたびに、心が痛む。竹と真面目に付き合えば、竹は人間に多くの恩恵を与えてくれる。これをエタノールにするのが現実的であるかどうか分からないが、中国産の安いタケノコばかり食べ、裏山のタケノコを放置して自然を荒れ放題にしておくのでは、知恵のない国民と思われても仕方がないだろう。

私の仕事場の隣にある中学校の庭にも、まだ狭いモウソウ竹林がある。先日、数人の生徒がタケノコを眺めているのを見た。興味津々の様子だった。皆さん、子供に竹との付き合い方を教えてあげてください。タケノコはスーパーにではなく、裏山にあることを見せてあげてください。

（二〇〇六年四月十八日）

梅の実の落ちるころ

夕食後の静かな時間、居間で窓に背を向けて新聞を読んでいたら、背後で突然、トーンと音がしたので驚いた。サンルームのアクリル・ガラスの屋根に小石のようなものが当たり、そして小さいものが転がる音がした。一瞬「何だ！」と身構えたが、その音には憶えがある。まもなく〝犯人〟に思い当たった。梅の実なのだ。

サンルームの上に覆いかぶさるようにして、紅梅の古木が一本ある。祖母が還暦祝いにもらった盆栽が、地植えして育ったものだから、樹齢は四十年を越えるだろう。毎年、寒風の中、他の木に先駆けて濃いピンクの花を咲かせ、我々の心を温めてくれる。否、紅梅より先にサザンカやツバキが花をつけているが、これらはあくまでも「冬の花」だ。紅梅はその色のせいか、寒中に咲いても春の訪れを感じさせる。それに続いてジンチョウゲ、ハクモクレン、ユキヤナギ、レンギョウ、ヤマブキ、ヤマザクラ、キリシマツツジと咲けば、もう春もたけなわ。桃色のサツキ、白い可憐なブルーベリーがこれに加わり、いつのまにか五月になる。そんな時、風が強く吹く夜など、花から実になった梅が落ちて人を驚かす。

　この紅梅の木にはネコが登る。その理由の一つだと私が考えているのがキーウィーだ。サンルームの透明の屋根に隣接してキーウィーの棚がある。夏になり、この植物の蔓《つる》が伸び葉が繁ると野良ネコたちが近づきたがる。この話は前にも書いたが、キーウィーはマタタビ科だから、ネコにはその匂いがたまらないらしいのだ。紅梅を足がけにサンルームの屋根に上り、屋根からキーウィー棚に近づいて、その匂いをかぐ。下で読書などしている人間にとっては、それが気になって鬱陶《うっとう》しいので、ネコが屋根に上らないように、紅梅の幹の中途にネコの登攀《とうはん》を妨げるための「キャット・ストップ」なるものを工夫して設置したことがある。刀の鍔《つば》のように、ベニア板で梅の木の周囲を取り囲み、ネコの前進を阻もうというわけである。が、ネコはその上を跳び越えてしまった。金網を梅の枝に張ってみたが、それもネコの運動能力の前には無力だった。
そんなネコと人間との難しい関係が始まる前に、紅梅は実を落とすのである。もう夏は目の前だ。

薄屋根に梅の実落つや春の宵

（二〇〇五年五月九日）

梅の実色づく

五月の上旬に、私の家の庭にある紅梅の木から、実が屋根に落ちて驚いたことを書いた。その音は一時静まっていたが最近、再びするようになった。今度の音は、もっと大きい。前回の音は未熟な実が落下する音だったが、今回のは枝に残った実が成熟して落ちるからだ。

梅の実は成熟すると緑から黄緑色に変わり、中にはアンズに近い黄色になるものもある。家の梅は紅梅だから、木の枝に赤みが差しているだけでなく、実の枝に近い側もほんのりと赤みが差している。直径三センチほどになったその実が、サンルームのアクリル・ガラスの屋根に当たると「ターン」と弾けるような音がする。

五月から一ヵ月間で、いったいいくつの実が落ちたのかと思う。今年は例年よりはるかに多くの実が落ちた。その理由は、今年は枝の剪定《せんてい》をしなかったからだ。例年は、五月の生長の家全国大会後に妻が剪定を依頼する。今年はそれを省いた。妻に聞くと、剪定をしない方が夏場に日陰ができて涼しいからだという。この季節は、スーパーでも梅の実を売っている。一キロ千円ぐらいだ。梅酒や梅干を作るセットも一緒に並んでいると、何となく作りたくなるものである。妻は庭に落ちた梅の実を五～六個拾って底の浅い器に入れ、さらに実のついたままの梅の枝を切ってきて花瓶に差した。それを見た私が「梅酒をつくろうよ」と言うと、「もうあるわよ」と言われた。去年買って浸けたのがあるのだという。

花と実の双方が楽しめる植物が近くにあることは、実に有難い。自然の恩恵を身近に感じる。そう言えば、今年はビワの木を剪定してもらったら、なぜか実がいっぱいついた。それが今、黄色くなりだしている。ブルーベリーも、昨年はかなり虫の害に遭ったが、今年は大いに実をつけて色づきはじめている。こうして植物たちが、確実に実りへの道を進んでいることを思うと、人間の自分は去年からどれだけ前進しているのか、と反省させられるのだ。

梅の実の色づきて知る時速し

（二〇〇五年六月十二日）

紫陽花の色を愛でる

梅雨時に音もたてずに降る雨には、紫陽花《あじさい》がよく似合う。わが家の庭には昔から紫陽花があって、ちょうどこの頃に、ハンドボール大の紫、ピンク、青などの〝花〟をいっぱいにつけ、見る人の心を慰めてくれる。

今〝花〟という言葉を使ったが、植物学的には、紫陽花の花のように見える部分は萼《がく》である。色のついた萼に囲まれて、米粒大の白っぽい花が中央部についている。私は、子どもの頃は、紫陽花をあまり好きでなかった。花らしい香りがせず、ただ大きいだけだから、空間をムダに占有していると思っていた。ところが結婚してみて、妻がこの花を好いているのを知った。そして、彼女が花屋や庭から紫陽花を室内に持ち込み、花瓶に差して誉めるのを聞きながら、その花の見方をゆっくり学んだ。

紫陽花の花は「七変化」するという。どんな土壌に生えているかで変わるだけでなく、同じ一つの株についた紫の花同士でも、赤に近いものと青に近いものがあったりする。また、同じ一つの花の塊が、気候条件で色が違って見えることもある。そういう微妙な色の変化を楽しむことができるようになると、いつのまにか、私の心の「好きな花」という箱の中に、紫陽花がドンと座っていることに気がついた。

雨に濡れた紫陽花の花を見ていると、心が安らぐ理由がある。紫陽花のもつ「青」「紫」「赤」の色の連続には、何か不思議な作用があるらしい。光や色彩と治療効果の研究をしているジェイコブ・リバーマン博士（Jacob Liberman）が書いた『光の医学――光と色がもたらす癒しのメカニズム』（飯村大助訳、日本教文社刊）によると、青い光は新生児の黄疸の治療に効き、リューマチ患者の痛みを和らげるという。色のスペクトルでは青の反対側にある赤い光は、偏頭痛の治療に効果があり、青と赤が混ざったピンクの色――いわゆるバブルガム・ピンク――は、アメリカの刑務所の部屋の色として使ったところ、神経の苛立《いらだ》ちを鎮め、暴力行為の減少に貢献したという。赤い光を短時間見ると、運動選手の瞬発力が高まり、青い光を見ると持久力が高まるらしい。

そんなことを知らなくても、緑色の葉を背景にした紫陽花の色は、見るだけで我々を充分元気づけてくれると思う。

（二〇〇七年六月二十八日）

椅子選び

休日を利用して、ダイニング用の椅子を見に、妻と娘の三人で東京・お台場の家具店に行った。

そこは「国内最大級」のフロアー面積を誇るショールームをもつだけあって、アメリカ、ヨーロッパ、和風、アンティーク等、実に多彩多様なデザインと素材の家具が魅力的に配置されていた。見て回るうちに、一脚の椅子といえども、それぞれがスタイルと表情をもっていることに気がついて、うれしくなった。椅子は一見〝死物〟のように思えるが、その上に腰かける人をどのように受け止めるかという造り手の考えが、スタイルや素材、造作の堅牢さ、繊細さ、柔らかさなどに反映していて面白い。それに、各国の文化や国民性も表している。例えば、アメリカのソファはあくまでもゆったりと柔らかだが、ヨーロッパのソファ、特にドイツのものはクッションが固めで、そこに座る人が機能的に動きやすい。

ダイニング・チェアの候補は、やがて二種類にしぼられた。私はデザインよりも機能性を重視する傾向があり、その点で、デザイン重視の妻と意見を異にする場合がある。しかし、椅子の機能はとりあえず「座る」だけであり、その座り心地が問題になるのも、ダイニング・チェアの場合は食事中の三十分から一時間だけである。そう考えてみると、デザイン主体で椅子を選ん

でも問題が少ないように思えた。そして、デザイン上の優劣で比べてみると、二種類のどちらがいいかは三人の意見が見事に一致した。

選んだ椅子は、背もたれの曲線が優美で繊細な感じだったが、すわってみると、体をしっかりと支えてくれるし、肘かけのカーブも自然だった。人をすわらせるだけでなく、花をいっぱい詰めた花器を置いてもよく似合うかもしれない。それでいて、もう一つの候補より値段が少しだけ安かった。

選んだあとで考えた。たかが食事中に体を支えるための道具一つに、人間はこれだけこだわるのだ。自然界の素材そのものでは満足せず、それに極限まで手を加えて自分のイメージに合った道具を作る。また、それを歩き回って探す人間がいる。この活動が文化を形成してきたのだが、同時に、今は自然を危機に導きつつある。人間は（そして私は）自然の味方なのか、それとも敵なのか？

（二〇〇一年七月十二日）

テレビがなおった！

わが家の居間にあるテレビがなおった。メーカー系の出張修理会社から技術者が一人来て、一時間もかからない作業で、三点の小さい部品を交換して終りだった。何かあっけなくて、妻と顔を見合わせた。

というのは、ここ四〜五ヵ月もの間、我々はこのテレビを廃棄して、新型を買わないといけないかもしれないと思案に暮れていたからだ。何を大げさな、と思うかもしれないが、最近のテレビ放送は「ハイビジョン放送」とか「衛星デジタル」とか「地上波デジタル」とか難解なものが次々と出て、そういう高画質、高音質の放送の価値が分からないまま、受像機の方も「プラズマ」とか「大画面液晶」とか「投影式」とか、違いや長所短所がよく分からないものがズラリと提供されている。何をどう選べば、どれとどう違い、どんな用途に合うのかなど、研究しているだけで時間がどんどんたっていく。この〝豊かさ〟ゆえの選択の煩雑さは、できたら避けて通りたかったのだ。

しかし、それが不可避かもしれないと思わせることが四～五ヵ月前に起こった。テレビの放送中に「映像が突然つぶれる」という現象が、時々起こるようになった。何の前触れもなく映像が縦につぶれて、スマートな女優さんもデブデブになる。最初は、映像が普通の三分の一ぐらいのサイズに縦につぶれていたが、そのうちに四分の一につぶれるようになった。こうなると、何が映っているのか見ても分からない。そんな異常な状態が電源を入れている間ずっと続くなら、早く諦めがつく。が、皮肉なことに、時々正常の大きさにもどるのである。そして十分ほどたつと、またつぶれる。こんなことを繰り返しているうちに何ヵ月もたってしまった。

問題のテレビは、日本ビクターのAV-33BS2という機種で一九九〇年製だから、もう十五年使っていることになる。三三インチの大画面型をバブル期に買ったのだ。九月十八日に米子市で行われた生長の家講習会で、私はこのテレビのことを少し話した。「我々の日常生活の中での選択が、地球環境の将来を決定する」ことの例に出したのだ。古い電気製品を新しい省エネ型のものに買い換えることが、必ずしも地球温暖化の防止に役立たないので、私も悩んでいると言った。廃棄物処理やリサイクルをするにも、二酸化炭素や熱は排出されるからだ。しかし、テレビは私の重要な情報源の一つだから、見ないわけにはいかない。画面に何が映っているか分からないような状態になれば、買い換えるしかない。もうその時期が来ているのだと半ば諦めていた。

それなのに、ビクターの技術者が背面を開いて部品を取り替えただけで、すぐなおった。当たり前といえば当たり前なのだが、これまでウジウジと悩みながら、早期に〝プロ〟の診断を受けなかった自分の愚かさを思い知った。「ビクターさん、ありがとう！」と言いたい。

これで当分は、難解なデジタル放送や新型薄型テレビの誘惑を感じないですむ。ちなみに、交換した三つの部品の値段は合計で一二〇〇円。しかし、これに技術料八二〇〇円と出張費一八〇〇円の計一万円を加えて、請求書の総額は税込み一万一七六〇円だった。「もったいない」の実践と言えるかどうか自信はないが、日中の電力使用量のいくらかは太陽光発電で賄《まかな》っているから、多少電力を食う旧型テレビの使用でも大目に見てもらいたい。

(二〇〇五年九月二十日)

シイタケが出た

東京の自宅の庭でホダ木で栽培しているシイタケから、〝芽〟がモコモコ出始めた。それを見ると、心もワクワクする。春にも〝芽〟は出たが、疎《まば》らで形もよくなく、七本あるホダ木のうち全く〝芽〟が出ないホダ木の方が多かった。今年の春は雨が少なかったし、温暖化の影響もある昨今は、シイタケが「自然に出る」のは難しいことなのかと思っていた。しかしその一方で、長崎の生長の家総本山でシイタケ栽培を担当している人に聞いてみると、難しいことはなく「何もしなくても自然に出る」と言う。だから、自分のやり方がオカシイに違いないと思っていた。

ところが今年の春、日曜日の朝のNHKでシイタケ作りの〝名人〟が登場して、その人が言うには、シイタケの〝芽〟を出させるには温度や湿度の管理も重要ながら、

何か「刺激」を与える必要があると話していた。この「刺激」のことで思い出したのは、私がホダ木を買った相手の人も同じことを言っていたことだ。その人によると、刺激には「叩《たた》く」「水に浸ける」「音楽を聞かせる」「雷が鳴る」……などがあるという。最初の二つは納得したが、次の二つは冗談を言っていると思った。NHKの番組では、その〝名人〟はヒモに吊るしたホダ木をコンクリートの壁みたいなものにブチ当てていた。

それを思い出した私は、十月一日の朝、七本のホダ木のうち四本を五〇センチぐらいの高さからレンガ敷きの床に二回落とし、さらに水道水をホースでたっぷりかけてやった。七本全部に同じことをしなかったのは、「刺激」を与えたものと与えなかったものとの違いを見ようと思ったからだ。するとどうだろう、四日の朝、「刺激」を与えたもののうち三本から、ちゃんと白い〝芽〟が頭を出していたのである。「ヤッタ！」と思った。何か関門を一つクリアーした気分だった。

ものの本によると、シイタケのホダ木栽培はすでに元禄年間（一六八八～一七〇四年）から伊豆地方などで始まっていたらしいが、原木に種を植え付ける現在の栽培法が考案されたのは一九三五年という。品種はいろいろあるが、発生温度によって高温系（一五～二〇度で発生）、中温系（一〇～二〇度）、低温系（五～一五度）の三つに大別されるという。

私の家にあるのは「肉丸」という名前のついた品種

だが、今ごろ発生するところから考えると、きっと高温系なのだろう。この本には、しかし「刺激」を与えないで発生させる方法もあり、それを「自然栽培」と呼び、そのほかに「浸水、冷却、加湿などの刺激を与えることにより、時期を問わずに発生させる不時栽培」があると書いてある。とすると、私が育てている品種は中温系や低温系である可能性も出てくるのだ。

いずれにせよ、生物がぐんぐん成長し立派になる姿を見ることは楽しく、収穫して味や香りを楽しめるとなると、さらに嬉しいものである。

（二〇〇五年十月五日）

ゴキブリの話

昨日の朝、自宅のダイニングで私がまだ充分に目覚めていない頭で、朝食のセッティングをしていた時のことだ。ナイフ、フォーク類をテーブルに並べ、コーヒーを容《い》れるマグカップ、牛乳用のグラスなどを食器棚からテーブルに移し、さらにオーブン・トースターを開閉式の扉のある収納棚から取り出してから、ハッと気がついた。その収納棚の扉の近くの床の上に、長さ三センチほどの茶色く光った楕円形のボタンのようなものがある。床が焦げ茶色なので、その上にある茶色のものは目立たなかったが、よく見ると、どうも化石時代から生きているという、あの脂ぎった昆虫のようなのだ。私は両手にオーブン・トースターを持っているから、何もできない。その虫は、人間の動作を察知することに優れ、すばしこさでは右に出るものがいない。それが、私の足元で身構えている。決断を迫られた私は、〝専門家〟の処理に任せることにした。

〝専門家〟とは、妻のことである。

妻は、他の多くの料理好きの女性と同じように、この虫を嫌う程度においては家族随一である。三人の子供がまだ家にいたころは、二階の子供部屋にその虫が現れた場合、子供たち——特に二男と長女は、階下にいる母親に向かって大声で「ゴキが出た！」と叫んだものだ。すると妻は、何をさておいても二階に駆け上がり、スリッパを手に持ってその虫を退治しようとする。子供たちは、それを面白がって見物したものだ。

夫婦二人の今は、私が子供の役をする。ただし、「面白がる」というよりは「自分で殺したくない」という卑怯な根性が半分ある。これは前にもどこかに書いたことだが、私はゴキブリという虫を決して好きではないが、家じゅうのゴキブリを殲滅《せんめつ》したいとは思わない。できることなら共存したいのだが、食堂や居間や寝室に出てきては困るのである。勝手な言い分かもしれないが、人間の生活の場以外のところにいる分には、それほど気にならないのである。

実際、夏の一時期、私はコンポストの中に黒々としたのが一匹いたのを知っている。そこは、彼らにとっては食料の宝庫に違いない。私は毎朝、庭に置いたそのコンポストの中に生ゴミを捨てに行くが、容器の蓋を開けると、その黒々とした一匹が穴倉の中で羽を光らせている姿を見て、二週間ほど何か楽しい気持がした。自分で〝彼〟を飼っている気分だった。妻はそれを知って、「数が殖えたらどうするの？」と心配したが、私は「そんなに殖えやしないよ」と言いながら、少しは殖えることを期待した。しかし、そのうちに別の虫の幼虫がどんどん殖えて、〝彼〟の姿は見えなくなった。〝彼女〟でなかったのが幸いしたのかもしれない。

すべての生物が神の被造物だとすれば、人間はこういう虫も愛さなければならないのか？　そんな質問を、私はかつて受けたことがある。そのことは拙著『足元から平和を』（二〇〇五年、生長の家刊）の最終章に書いてあるが、特定の生物に対して普通の人間が共通してもっている嫌悪感には、進化心理学的意味があると思うのである。つまり、そういう動物が人間の近くに棲むことは双方の生存にとって好ましくないが、離れて棲むことで生態系の維持に貢献するような場合もあると思うのである。人間がヘビに対して抱く嫌悪感を、そういう論法で説明する人もいる。しかしゴキブリの場合は、人間が〝彼ら〟から少しも恩恵を受けないのに、〝彼ら〟は人間から食・住の恩恵を受けるという偏面的な関係があるように見える。しかし最近、日本教文社から出版された『昆虫　この小さきものたちの声』(*The Voice of The Infinite In The Small*)という本の中で、著者のジョアン・エリザベス・ローク氏(Joanne Elizabeth Lauck)は、ゴキブリについて私が知らなかった数々の話を教えてくれた。

まず、現在分かっているだけでも、ゴキブリには約四千種類もあって、そのうち人間の生活圏内だけで生きている種はわずか四〜五種だけという。つまり、人間と〝彼ら〟の間にはいわゆる「棲み分け」が行われているのだ。そして、「ゴキブリの大半の種類は赤道直下に生き、そこで植物の受粉を助け、ゴミを再生処理し、食べ物を他の生き物に分配している」(一三五頁)というのである。また、私はゴキブリへの嫌悪感は人間に生来のものと考えていたが、ローク氏は「私たちの反応は生来のものではなく、経験から身につけた反応だと言えよう」と書き、「四歳くらいまでは、子供たちはゴキブリをいやがらないのだ」と言っている。そして、私たちの嫌悪感が生来でないことを示すために、次のような事実を挙げている――

たとえば東インド諸島やポリネシアの人々は、ゴキブリへの賞賛のしるしとしてゴキブリを象《かたど》った装身具や装飾品をつくったし、ジャマイカの民間伝承ではゴキブリは好意的な役割を与えられている。アフリカのナンディ族はゴキブリのトーテムを持つ。さらに、ロシアとフランスの一部の人々はゴキブリを守護霊と考え、家の中にゴキブリがいることは幸運だとみなしている。そのためこういう地域では、ゴキブリがいなくなることを不運の前触れととらえるのだ。(一二〇頁)

このほかにも、ゴキブリについて興味ある話がいろいろ出てくる。それらを読んでいると、「今度〝彼ら〟と出会えるのはいつだろうか……」などと、楽しみに思えてくるから不思議だ。

(二〇〇七年十月十六日)

ネコとの共存

最近、家の庭に棲みついているノラネコの子とよく遭遇する。

今年の夏に生まれた小ネコが〝青年〟に成長して跳び回るようになったからだ。以下、彼らを「中ネコ」（中くらいのネコの意）と称す。当初は四匹ほどいたのだが、最近見るのは二匹ぐらいか。親ネコのように人間への〝遠慮〟を覚えていないから、庭の飛び石のある所とか、通り道でバッタリ遭うことが多い。例えば朝、私が前日の生ゴミをコンポストに入れるために勝手口から庭に出ると、一目散に逃げていく中ネコの白い後ろ姿を見る。また、出勤時に門のくぐり戸を開けようとすると、すぐ脇のサルスベリの木の根元から首を伸ばした中ネコと目が合ったりする。そういう時、私は大抵ネコの鳴き声を出して挨拶するのである。しかし、相手が親ネコの場合、特にブンチョウの小屋の近くで出会った時などは、猛然と追い払う。

私は彼らに敵意をもっているわけではないが、「ネコにはネコの居場所がある」ことを彼らに学習してもらいたいのだ。ネコは人につかず家につくとよく言われるが、もしそれが彼らの習性ならば家の近くにいるのはいいとしても、家の主である人間には遠慮してほしいのである。私たちの子供がまだ家にいた頃は、ネコ好きの彼らのために魚の煮干など手渡したこともあるが、今ではそういうことはしない。

彼らはノラネコだから名前などついていないが、ネコ嫌いの妻は名前で呼ぶ。彼女はネコが家に近づいたり、メダカが入った水盤の水を飲みに来たりするのを見つけると、決まって「コラッ！」と大声を出し、足を踏み鳴らすのである。どんなネコにも同じことをするので、私は彼女に「あなたはネコに〝コラ〟という名前をつけたの？」と言ってからかう。ちなみに、彼女は自分の子供のことを「子等」と表現することがあるが、これは偶然の一致だろう。

私たち夫婦はこうやってネコと共存しているが、都会でのネコの増加が問題になっているらしい。今日（二〇〇五年十月二十一日）の『朝日新聞』は、東京・北区で

「町ネコ」（ノラネコのこと）に餌《えさ》をやるべきかやらざるべきかの議論が沸騰している、と伝えている。同区の保健所に寄せられるネコに関する苦情は昨年度三五四件あり、いちばん多いのが「ネコに餌やりをしている」というものだそうだ。それを餌をやる本人に言うのではなく「そっちで注意してくれ」と保健所に文句を言うのである。ネコが殖えるのが嫌な人、糞尿の臭いに悩まされる人がいる一方で、独り暮らしのお年寄りがネコに餌をやるのを生き甲斐にしている場合もあるという。

そう言えば、生長の家本部に隣接する東郷神社には、町ネコ（寺ネコ？）が大勢いる。それに餌をやる老女がいて、太ったネコたちは幸福そうだ。また今朝、竹下通りから一本奥に入った「ラ・フォンテーヌ通り」を通った際、美容院の脇に停めてある自転車のサドルの上に白ネコが一匹、そのすぐそばにもう一匹が背中を丸めていた。明治公園にはネコ好きのホームレスのお爺さんが一人いて、三～四匹の町ネコを飼っている。一度、「餌はどうするの？」と聞いたことがあるが、答えは「餌をもって来てくれる人がいる」だった。明治公園の原宿駅側にある霞ヶ丘団地にも町ネコがいっぱいいる。団地内の公園の自転車置き場の裏に二匹ほど、団地の庭でも日向ぼっこを

している ネコを何匹も見かける。皆、餌を適当にもらっている様子で満足気だ。
明らかにネコは人間と共存している。彼らの〝仕草〟や〝性質〟が人間に好かれるように進化してきたからだろう。イヌのことを「人間の最良の友」と表現することがあるが、本当はネコの方が役者が上かもしれない。なぜなら、イヌを規制する法律はあるが、ネコにはそういうものがまだないからだ。

（二〇〇五年十月二十一日）

目覚むる心地

最近、仕事から帰宅した私に、妻が古典文学の教室で聞いたという話を興奮気味に語った。彼女は、文筆家の清川妙《たえ》さんが講師をしている教室に通っているのだが、清川さんはよく講義の最初に、ご自分の体験を語りながら、その日の講義に出てくる古典の一コマや、そこで語られることと、現代の我々の生活とを見事に関係づけられるそうだ。その日の講義は、兼好法師の『徒然草』だったのだが、そこに〝旅人の目〟について書いた件《くだり》があって、清川さんの説明が素晴らしかったというのである。

私は『徒然草』については高校の知識程度しかもっていなかったが、〝旅人の目〟については、生長の家の講習会などで実地に体験しているので、半分興味をもって聞いていた。が、そのうち、妻の言わんとしていることが自分にも大いに関係していると知って、彼女の話を傾聴している自分を発見した。
『徒然草』の第十五段に、次のようにある――

いづくにもあれ、しばし旅立ちたるこそ目覚むる心地すれ。
その辺《わた》り、ここかしこ見歩き、田舎びたる所、山里などは、いと見慣れぬことのみぞ多かる。都へ便り求めて文遣《ふみや》る、「その事かの事、便宜に忘るな」など言ひ遣るこそをかしけれ。

妻は、この文章の冒頭にある「目覚むる心地」というのが日時計主義の心境と同じだというのである。旅に出ると、日常の心の持ち方から離れられるので、普段は注目しない〝瑣末《さまつ》〟と思えることを含め、旅先のいろいろの事物に新鮮な驚きをもって接することができる。そんなことから、家に残してきた家族への思いが募り、「あれはこうしろ、あのことは忘れるな」などと細かい気配りをした手紙を書くことになるのは面白い――こういう意味の文章だろう。

「なるほど……」と私は思い、昔も今も、人間にとって旅の効用はあまり変わらないと感じた。と同時に、妻が旅先から親や子供に便りを出す心境と、四百年前の兼好の心境とが、清川さんの〝仲介〟によって共鳴したように感じた。ご存じの読者も多いと思うが、妻は毎日、伊勢にいる自分の両親宛に絵手紙を描いている。また、生長の家の講習会で各地に行くと、宿舎から三人の子供に絵葉書を出す。妻だけではない。私もかつて、妻や子供を家に残して旅していた頃には、私自身がファックスや電子メールを使って兼好と似たようなことをやっていた。そして今は、旅先でスケッチをしたりする。その理由を、兼好は上の短い文章の中に巧みに描いている。それは「いと見慣れぬことのみぞ多かる」ことに気づく心境だ。それが「目覚むる心地」を引き起こす重要な要素であるに違いない。

しかし、そうは言っても、交通機関が発達していない四百年前に、兼好法師が都から山里へ旅することと、航空機や新幹線による現代の旅行とは、だいぶ違う。外国旅行なら「目覚むる心地」を味わえたとしても、国内の旅行は、どこへ行っても大企業の看板、駅前開発、ファーストフード店、ファミレス、居酒屋チェーン、流行のスタイル……そういう画一性が横溢《おういつ》していることを、私は嘆いて書いたことがある。しかし、着眼点を変えれば、都会の真ん中でも「目覚むる心地」を味わうことができる、ということも別の所には書いた。そのことを妻は、思い出させてくれたのである。

（二〇〇七年十二月十三日）

第三章

自然と人間

雪道

東京に降った〝ドカ雪〟ももう姿を消しつつあるが、もっと本格的な雪景色を見たくなって、山梨県の大泉村まで足を伸ばした。と言っても、もちろん車でやってきたのである。車種はオデッセイ。妻と子供二人も一緒だ。事前に現地の人から聞いた話では、大泉村では二十七日に約七〇センチという「記録的な降雪」があったという。幹線道路は除雪が進んでいるものの、支線についてはほとんど除雪が進んでおらず、ジープ等でないと通行できないところも多いとの話だった。この人は、「スタッドレスタイヤをはいていれば問題なく通行できます」と助言してくれたが、私はこのタイヤをもっていなかった。だから、チェーンを積んで行くことにした。

このチェーンは数年前に買ったが、一度も使っていない新品だった。最近は温暖化

の影響で、関東近辺ではチェーンのいるような積雪はほとんどなかったからだ。中央自動車道の長坂で降りてすぐ、チェーンを装着すれば大丈夫だと教わった。妻は、ガソリンスタンドの人にやってもらえばいいというのだが、タイヤ・チェーンぐらい自分で着けられないのではみっともない、と私は思った。とりわけ十八歳の息子に「頼りないオヤジだ」と思われたくなかった。そこで長坂インターの近くのショッピング・センターの駐車場に車を入れて、息子と一緒に、説明書と首っ引きになってチェーンの装着にかかった。三十分ぐらいかかって作業が終った時、親子は黒くなった手を握り合って喜んだ。

大泉村のホテルまでの道が、案外大変だった。除雪されてない場所も多く、私たちの前を行く埼玉ナンバーの乗用車は、左の道へ入ろうとハンドルを切ったところで、車輪が空転して動けなくなった。私たちは車を降りて、四人でその乗用車を押して助けてあげた。チェーンをはけば大丈夫と思っていた私の車も、固くなった雪が三〇センチほどの厚さで道路の上を覆っているところで、車輪の空回りで動けなくなった。しかし、妻にハンドルを渡し、私と子供二人が車から降りて後押しをすると、案外簡単に動きだした。

車は都会では頼もしい足だが、雪道では実に頼りない。人間の足の方がよほど確かで、そのおかげで車は難関を突破して無事、ホテルの玄関に到着した。そんな悪路だったから、ホテルには泊まり客は少ない。そして、静かな部屋から雪景色を見ることができるのは有難い。

絵は、部屋から見える風景で、一番高い山が茅ヶ岳（一七〇四メートル）、二番目が曲岳（一六四二メートル）だ。

（二〇〇一年一月三十一日）

大泉村での朝は、白一色だった。前日の天気予報では、山梨県地方は「曇り時々雨」のはずだったが、朝八時頃から本格的な粉雪になった。私たちはちょうど朝食の真っ最中だったが、遠方の甲斐駒ヶ岳や八ヶ岳はもちろん、もっと近くにあって前日よく見えた茅ヶ岳も、白いスクリーンの向こう側にまったく隠れてしまっていた。先月二十七日の大雪で中央道が通行止めになったことを知っていた私たちは、東京への帰途を心配していた。「高速道路が止まっても一般道があるから」という雪のない日の論理は、前日の運転で通用しないことがよく分かっていた。

ホテルのフロントで交通情報を聞いてもらうと「東京方面は勝沼までチェーン規制」としか言っていないという。さも「何でもありません」というような表情で、丸い目をした若い女性が教えてくれた。昼までは人と会う約束があったから、その数時間のうちに雪が積もって通行止めになる可能性を、私は恐れていた。しかし、この時会った人にその可能性を確かめてみても、「二十七日の大雪は二十四時間降り続いたから高速は止まりましたが、このくらいなら大丈夫ですよ」と、ちっとも心配してい

ない。雪を知らない私たちが、勝手に不安がっているのだった。
　昼過ぎに用事が終ったので、昼食をとらずに中央道の長坂インターへ向かった。一刻も早く、〝危険地帯〟を脱け出したかった。心配性の私たちに気を遣って、相手の人は小型ジープで高速の入口まで見送ってくれると言った。途中の道路は、前日よりさらに積雪が増し、アスファルトの路面はもう見えない。長い下り坂が続いているため、ギアをセカンドに入れても車はスイスイ滑っていく。下手にブレーキを踏むとスピンする危険性があるので、ローギアでノロノロ行くほかはない。見送りの小型ジープは、後ろからずいぶんゆ

つくり来る。不思議に思っていたら、前方で立ち往生している車が見えた。普通にブレーキを踏むと危険だから、速度をゆるやかに落とす。そうだ、雪道では車間距離を相当開けなければ追突の危険が常にあるのだった。

こうして私たちは無事、長坂インターへ着き、そこからゴトゴトと心地のよくない振動を味わいながら、低速で高速道路を勝沼まで走った。笹子トンネルを過ぎると、雪は雨に変わっていた。談合坂で遅い昼食を食べ、チェーンを外し、東京へ向かった。チェーンのない高速走行は、氷の上を滑っているように感じる。しばらくはこの不思議な不安感を味わいながら、私は雪のない道路の快適さをしみじみ感じていた。

（二〇〇一年二月一日）

黄色い庭

八ヶ岳南麓の大泉村に山荘を得るため、妻と私が村の不動産会社の案内で、海抜一二〇〇メートルの土地を見に行った時、カラマツやアカマツが鬱蒼《うつそう》と繁るその山林は、まさに〝自然の宝庫〟と呼ぶにふさわしいような、緑で覆われ、可憐な花の咲く緩やかな傾斜地にあった。それは二〇〇〇年の十月のことである。

「こんな森の中に家を建てるのか……」

と、少し不安な気持がないわけではなかった。

それは、「暗い森の中に埋もれる」ことへの不安だった。直径五〇センチほどの太さのカラマツの真っ直ぐな幹が、一・五メートルから二メートルの間隔で密生しているだけでなく、足元は高さ四〇～五〇センチの下生えの草々や、頑丈な根を張るクマザサなどで一面に覆われ、歩を進めるにも注意がいる。家を建てる分の木を切り倒しても、周囲で待機している実生の木々がすぐに伸びて、一～二年で自然の中に埋まってしまう――そんな気持さえ抱かせる〝豊饒《ほうじょう》の地〟が、そこにあるように思えた。

妻は「眺《なが》めのよい土地」を望んでいた。私は「森の中」でも構わないと思っていた。森を切り拓いて牧場や畑にした土地の中にも眺望のよい場所はあったが、それでは「山に棲《す》む」という感じがあまりしなかった。そういう土地は比較的低地にあり、病院や役所や商業施設にも近いから、定住するつもりならそちらの方が便利である。

しかし私たちは、当面は〝週末の利用〟しか考えていなかったから、生活に多少不便でも、いかにも「山に来た」という感じのする土地を探していた。

目の前にある土地は、そんな私たちの希望通りの森であったばかりでなく、妻の求めた眺望にも優れていた。大泉村は、山梨県の西北の端に聳《そび》える八ヶ岳の長い、なだらかな裾野にある。南向きの斜面だから、気候は太平洋型で温暖である。しかし、八ヶ岳の南側の裾野が終った先は、平地ではなく、南アルプスが立ち上がる。ほぼ真南に荒倉山（一一三二メートル）、甘利山（一七四五メートル）が見え、その右手（西）に甲斐駒ヶ岳（二九六七メートル）やアサヨ峰（二七九九メートル）が聳え、そして日本第二の高峰である北岳（三一九二メートル）の頭も見える。私たちが来た土地からは、これらすべての山々は臨めなかったが、甲斐駒ヶ岳、アサヨ峰、そして北岳の頭が木々の上から覗《のぞ》いていた。

妻と私がその土地を気に入った様子を見て取った案内人は、次回見に来るまでに、立て込んだ木々を少し伐採しておくと言った。その方が、家を建てた時の感じがよく分かるという理由だった。しかし、その「次回」に私たちがそこへ行くと、売地の敷地内の木がほとんどなくなっていたので驚いた。しかも、一人でそれをしたらしい。「そんなに切らなくても」と思ったが、敷地内の南側は急な斜面になっていて、そこを避けるためには家を北側に寄せて建てねばならず、そうすると、木材などの建築材料を置いたり、整地や基礎工事用の重機を動かすための空き地が必要になるらしかった。

私はこの時、一見どんなに深い森であっても、今の機械を使えば木は簡単に伐採できるということを実感した。

山荘の建設は、雪解けを待って二〇〇一年三月に始まり、七月の末には建物が完成した。しかし、庭を造ることは頼まなかった。自分で造るつもりだったからだ。東京の自宅の庭では、土が露出している所には、何もしなくてもすぐに草や木が生えてくるので、八ヶ岳山麓の〝豊饒の地〟ならば、なおさら緑に不足することはないと安易に考えていた。大体すぐ隣は森なのだから、植物の種子は頼まなくても先を争ってこの地に根付こうとするに違いない、と私は思った。

八月の夏休みに一週間少し山荘に滞在し、庭造りをした。建物に近い敷地の東側に、まず花壇を作った。そのために客土《きゃくど》が必要なことがやがて分かった。というのは、山荘の土地は、黄色い堅い土の中に無数の小石が詰まっていて、容易に耕すことができなかったからだ。鍬を入れるとすぐに石に当たり、それを掘り出すためにシャベルかスコップに持ち替えねばならない。

しかも、掘り出そうと思った石が片手で持てるほど小さければいいが、両手で持ちきれない大きさの岩もいくつも埋まっているのだった。そして、そういう岩や石をすべて掘り出したとしても、残った黄色の土は、「土」と呼ぶにはあまりにも粗い直径数ミリの粒で、その粒は小石のように堅い。簡単に言ってしまえば、この土地の地盤は礫岩《れきがん》と小石でできていたのである。

八ヶ岳は百万年から三百万年も前にいくつもの噴火が起こってできたと言われているが、その時の火山礫や火山灰が堆積してできたのが裾野だ。だから、山腹の地盤が岩や小石でできていることに何の不思議もないはずだった。しかし、鬱蒼と繁った森や、深い下草を見てきた私は、そのわずか数十センチ下に、そういう太古の地層が眠っていることなど想像もできなかった。山荘の工事で、森の薄い表土を掘り返してしまった後は、そこはもう〝豊饒の地〟などではなかったのだ。

小石だらけの庭は、朝は露が降りてしっとり焦げ茶色に湿っているが、太陽が上がり、十数メートルの高さのカラマツ林の上方から夏の陽が差し込むようになると、地面は水蒸気を立ち上らせながら急速に乾いて黄色くなる。そこへ植物を植えて水をあげても、その黄色い土は砂地のように水分を吸い込んでいき、長く水気を保たないのだった。庭ですぐ植物を育てるためには、どこからか土を運んでくるほかはなかった。

二トン積みトラック一台分の畑の土を注文し、庭の真ん中に下ろしてもらった。その土の中にも小石が多く混じっていたから、フルイを使って取り除き、細かい土を花壇となる場所に入れる。そういう作業をせっせと繰り返しながら、山荘での休日を私は過ごした。そして思ったことは、土は初めから地球上にあったのではなく、「森によって作られる」ということだった。その森を破壊すれば、土も失われるのである。それが、土地の「砂漠化」である。環境問題の解説書なら、どんな本にもそんなことは書いてある。

しかし私は、そういう場合の「森の破壊」とは、チェーンソーとブルドーザーを使って、大勢の人が、広大な領域の森を伐採することだと思っていた。また、その結果できる「砂漠」とは、イラクやアラビアの砂漠のような、あるいは少なくとも鳥取砂丘のような広さをもった〝不毛の地〟のことだと思っていた。ところが、目の前の黄色い庭は、それが「砂漠」以外の何ものでもないことを否応なく私に告げていた。

大げさに聞こえるかもしれないが、私は山荘を建てるために、付近の土地を砂漠化したのである。

（二〇〇二年三月二十九日）

鳥の飛行路

森の木を切り倒した結果〝砂漠化〟が起こることは、目で見てはっきりと分かる影響である。しかし、森の中に家を建てれば、人間の目には見えないところでも、きっと数多くの影響が周囲の生態系に及んでいるはずだ。

我々は「山荘が一軒建ったぐらいで……」と考えがちだが、家が一軒建つためには、基礎工事用の重機や建材を運ぶための道路を通さねばならず、また電気や水道を引くための工事が行われるから、建築現場以外の場所でも多くの木が倒され、表土が掘り返され、砂利が持ち込まれる。加えて造園が行われれば、客土とともに新しい虫や菌類や植物の種が持ち込まれるだろう。また植栽により、その土地にはなかった動植物が（時には海外から）移植される可能性もある。

こういう生態系への影響は、ある程度までのものならば、自然のもつ〝回復力〟によって元通りに修復されるか、あるいはしばらくの期間、生態系が攪乱された後に、新しい秩序に到達して安定する。しかし、その「ある程度」の人間の介入が、実際どの程度のものなのかは恐らく誰にも分からない。だから、私の山荘が建ったことで、大泉村周辺の生態系にどの程度の影響が与えられるのかは全く不明である。その影響が、自然の回復力の範囲内にあることを私は願っている。

しかし、想像するに、きっと山荘を建てるすべての人が、私と同じ願いをもちながら木を切り倒し、土を掘り返し、その地にはない植物や動物を持ち込むのだ。これは、自然の回復力にボディーブローを打ち込みつつあるということであり、私の〝一発〟が他の人の〝一発〟より罪が軽いわけではないのである。

二〇〇一年八月上旬、妻と私は、建ったばかりの山荘に満を持して一週間以上滞在したが、そんなある日の朝、薄く霧のかかった大気を吸い込みながらデッキに出た時のことだった――

朝の八ヶ岳南麓は、鳥の声で満ちていた。

といっても、様々な種類の鳥の声が交じり合った音ではなく、ヒガラの声だけが、空や山のいたるところから聞こえてくるのだった。その一音一音は、グランドピアノの最高音よりなお高い周波数だったが、決して耳障《みみざわ》りではない澄《す》み切った声だった。それが、周囲の森の全面から、互いに呼び交わすような掛け合いとなって響き、遠くの霧の中に吸い込まれていくのである。そんな音に、しばしうっとりとして耳を傾けていると、遠くでＪＲ小海線の二両編成の列車が走る音がコトコトとリズミカルに聞こえだし、やがてそれも小さくなって消えていく。

八ヶ岳の山荘に来てもう五日目になるが、朝からデッキの上に出てゆっくりできるのは、これが初めてだった。前日まで、朝は雨が降っていたか、深い霧に包まれていたから、デッキの上のテーブルや椅子はびしょ濡れだった。しかし、その朝は、久しぶりに椅子の上が乾いていた。私は椅子に腰かけ、両足を前に伸ばして空を見上げた。

鳥の声は、ゆっくりと打ち寄せる波に似ていた。

鳥たちは、朝の山では単独行動をしているのではなく、集団で森を巡っているらし

かった。目を閉じて耳をすましていると、ある時は、同じ声の掛け合いが輪唱のようなハーモニーをつくって押し寄せてくるかと思うと、しばらくすると、波が引くようにその声は消えていき、その代わりに、別の鳥の呼び声が前面に押し出て聞こえてくるのである。そして、その呼び声に応えるかのように、同じ鳴き声が、遠方の森からも聞こえてきたりする。

ヒガラは全長が一〇センチ前後で、スズメやシジュウカラより小型の鳥だ。尾はシジュウカラより短く、主翼は灰青色、頭が黒く、目から嘴《くちばし》にかけて横長に黒い線が走り、頰《ほお》から喉《のど》にかけてと、腹は白いが、胸にワンポイントの黒い印をつけている。その小鳥が、人間がいることを気にすることなく、デッキの脇に立つヤマザクラやダンコウバイの木の枝に来たり、デッキの手すりに止まったりする。その時、低音の唸《うな》るような音を出すのに私は気がついた。この鳥は、体が小さいくせに妙に低い声を出す、と私は最初思った。しかし、よく観察していると、それは、この鳥が飛び立つ時、その短い翼が高速に振動して空気を揺らす音だった。

小鳥たちは、山荘近くの木に飛んでくると、垂直に立つ幹の側面を上下方向に、いかにも軽々と移動しながら、そこで見つけた子虫を素早くつつき、二〜三回それを繰り返したかと思うと、ピーピーという高音を残して、別の木に移動していく。デッキの上に舞い降りた鳥は、板の隙間にいるらしい小虫をついばんでいるのだった。

突然、目の前を小石のような影が横切ったかと思うと、山荘の居間のガラス戸にぶつかって鈍い音をさせた。見ると、この鳥がデッキの上で白い腹を見せて、仰向きになってもがいているのだった。脳震盪《のうしんとう》を起こして体のバランス感覚を失っているようだ。私は、そのうちに快復して立ち直るだろうと思って見ていたが、その鳥はデッキに張った板の間の溝に片足をひっかけて、立ち上がれそうもない。そこで私はこの鳥を両手ですくい上げて、頭だけ出す格好で手の中に包んであげた。

鳥は、少しの間、足を動かして抵抗する様子だったが、やがて静かになった。何事が起こったのかまだ理解しない様子で、目だけ盛んに動かしている。その小さな生物の体温を手の中に感じながら、私はなぜか幸せな気持になっていた。

それは偶然、労せずして小鳥を手に入れたからではなく、この小動物が私を敵と思わず、大人しく身を任せてくれたことに対する感動だった。十分間ほど、そうして手の中で鳥を暖めながら、私は時々、親指で鳥の頭をなでで、早く快復することを祈った。そして一度、テーブルの上に鳥を下ろしてみた。鳥は、体を傾かせた姿勢で足を踏ん張っている。どうも、まだ左足に力が入っていない様子だ。そこで私は、再び鳥を取り上げて両手で包み、山荘のデッキの上をゆっくりとした歩調で歩いた。仲間の鳥たちは、私の近くにある木々の小枝をまだ揺らしており、その短い高音の鳴き声に反応するかのように、手の中の鳥は頭と目を、空のあちこちに向けるのが分かった。

さらに十五分くらいして、私は手の中で、鳥に自分の人差し指をつかませてみた。

するると、ややぎこちない調子だったが、鳥の左足も私の指をつかむ力があることが分かった。そこで片手を鳥から離すと、鳥は逃げもせずに私の指につかまっている。私が椅子から立ち上がろうとしたとたん、例のブルブルッという音をさせて鳥は飛び立ち、すぐ近くのヤマザクラの幹に頭を下に向けた姿勢で止まった。

そこは、私より一メートルほど高い位置にあるので、下向きになった鳥は、私から見ると、こちらを向いているように見えるのである。その姿勢で、鳥はさらに十分ほど同じ位置にじっとしていた。そして時々、あの高音の鳴き声を発するようになった。さらに五分ほどすると、鳥は姿勢を変え、木の幹を軽快に二メートルほど登り、今度は空に顔を向けて鳴きだした。「ああ、これで快復したな」と私は思いながら、少し寂しい気持で鳥を眺めた。仲間からはぐれないうちに、飛び立ってほしいと思った。

装丁家で、随筆家でもある荒川じんぺい氏の本の中にも、鳥が窓ガラスにぶつかる話が出てくる。私は最初、鳥は「ガラス」という無色透明の物質を知らないために、家の中に飛び込もうとして衝突するのだと解釈していた。しかし、荒川氏によると、明るい空と暗い室内の間にガラスがあれば、そのガラスは室内の様子を隠して、空を映すのである。だから鳥は、空がまだ続いていると思って飛行速度を緩めずにガラスに激突してしまうのだ。当たり所が悪ければ、脳震盪ではすまずに死んでしまうだろう。荒川氏は、そんな不幸な小鳥の死骸を、建てたばかりの自分の山小屋のベランダで何回も見つけたという。そして、その原因は「山小屋が、鳥たちの飛行コースを塞いでいたから」だと結論づけている。

私の目の前で起こったことも、それと同じだったかもしれない。幸いなことに、私は山荘のデッキで気を失っている鳥を見たのは、これが最初であり、七ヵ月たった今も、まだ二回目を見ていない。ヒガラは集団で山を移動するそうだが、あの時以来、私の山荘の上を移動するのをやめたのかもしれない。

本当のところは分からないが、私たちは山荘を出る時は、用心も兼ねて、いつもガラスの内側のカーテンは下ろすことにしている。

（二〇〇二年四月五日）

風　花

風花《かざはな》——晴天にちらつく小雪片。降雪地から風に吹かれて飛来してくる小雪（三省堂『大辞林』）。

恥ずかしながら、この美しい言葉を私は知らなかった。今日は休日を利用し、二ヵ月ぶりに山梨県大泉村の山荘へ行ったが、その山荘の中で、妻の口からこの耳新しい言葉が出た。でも、その意味をわざわざ問う必要はなかった。雲間から澄んだ青空が顔を覗《のぞ》かせ、春の日差しが山荘の木の床に日溜まりを作る中、窓外ではチラチラと輝く小片が降っていた。

初めは、歌舞伎の舞台の天井から遠慮がちに桜の花びらが落ちるように、銀粉はまばらにパラパラと舞っていたが、やがて量を増し、谷から吹き上げる強風に乗って、吹雪のように銀粉が乱舞した。そうこうする間に、青空はいつの間にか灰色となり、灰色の空から、やがて金色の筋が何本も山肌に差し込んだ。変わりやすい山の天気は、いつまで見ていても飽きない。

風花は冬の季語だが、山の春はすぐそこまで来ていた。前日に新聞を読んでいた妻が、大泉村のすぐ隣の高根町に関する記事を見つけた。その記事に添付されていた写真では、積雪が三〇～五〇センチもあるように見えたし、写真説明には「〝清里の森〟の別荘地はいま、雪に覆《おお》われている」と書いてあった。だから、標高一二〇〇メートルの所にあるわが山荘付近はもっと深い雪かと覚悟して、ゴム長靴とスコップを用意し、四輪駆動でない私のオデッセイが雪で進めなくなったら、それを使って雪かきをするつもりで家を出た。

ところが、大泉村のある八ヶ岳南麓には雪はほとんどなかった。中央道から見渡せる南麓の緩やかな斜面には、残雪の白は見当たらず、葉が出る前の広葉樹の樹冠が、黄土色と赤茶色の温かい色の塊となって、あちこちにうずくまっていた。わが山荘周辺も、日陰の所々に雪が残っている程度で、車の通行には全く支障がなかった。今年の春は全国的に一週間から十日早いと聞いていたが、ここも例外ではなかった。

玄関の真ん前に、屋根から落ちた雪が三〇センチほどの厚さで帯状に横たわっていたが、家の周りにはそれ以外に雪はなかった。水道の凍結防止のために、山荘は〝水抜き〟の処置が施されていたから、妻と協力して通水作業を行い、一息ついた所で空に「風花」が舞っているのに気がついた。風花の勢いがおさまってから、造りかけの庭に出て去年の作業を点検した。土の表面は、長さ二〇センチほどもある霜柱のため、浮き上がっている。その氷の力で、庭と通路の境界に埋めて

おいた板仕切も浮き上がっていた。

庭の東南に植えておいた果樹の芽の状態を調べようと思って近づいた時、私はわが目を疑った。そこには背丈ほどの高さのリンゴの幼木が二本あったはずだが、その二本は一回り小さく見える。よく見ると、去年の秋に各枝の先端についていた芽が、全部きれいになくなっている。それればかりでなく、枝の先端が切り取られたようになって、黄色い芯が露出しているのだ。悪い予感がして、そのほかの幼木も見て回った。シラカバは無事だったが、ヤマボウシとモミが同じようにやられていた。〝犯人〟はシカだ、と私は思った。

秋にキノコ刈りをした時、よくシカの糞に遭遇した。「山の斜面をシカが走る」と当地の知人が教えてくれた。その目で注意して見ると、山荘の西側に生えた木が、ちょうど人の背丈ほどの高さで皮をむかれている。都会の土地に果樹を植えるようなつもりで、リンゴの木を植えたのがいけなかった。「自然界はなかなか厳しい」と改めて知らされる。

農家の人が、イノシシやシカを恨めしく思う気持が少し了解できた。人間に天敵はいなくとも、人間の作物には天敵が多い。だからといって、銃や薬の世話になるつもりはない。果樹の幼木は、ある程度の高さに育つまでは、動物の被害を避けるために筒状の覆いをするのだと、勉強家の妻が調べて教えてくれた。都会人間のレッスンは、まだ始まったばかりなのだ。

とはいっても、久し振りの山行きで、我々夫婦は心を洗われた思いで帰途についた。上りの中央道は、長坂から甲府に至る地点で、晴れていれば正面に富士山が見える。今日の富士は、山頂から八合目あたりまで雲の傘を被っていたから、山腹では風花が舞っていたに違いない、と私は思った。

（二〇〇二年三月七日）

一〇八円の冒険

休日を利用してやって来た山梨県長坂町のショッピング・センターで、ちょっと冒険をした。などと書くと、まるで高額な買い物をしたか、あるいは万引きでもしたように聞こえるかもしれない。しかし、それは極めてささやかな〝冒険〟だった。ショッピング・センターには文具店が入っていた。私は、買ってきたものをカートに入れて押しながら、その文具店の前まで来た。すると、店の棚に原稿用紙が置いてあるのに気がついた。「あっ、原稿用紙だ」と私は思った。

こういうものを使わなくなって久しい。それは、決して上質とは言えない黄ばんだ紙の上に、赤茶色の罫線で縦書き用の升目が印刷されている。そう、これがB５判のサイズだった。この大きさの紙にも、久しく接していない。これはきっと小学生用のものなのだろう、欄外に「年」「組」「名前」を書き込む余白まである。地元の小学校では、今もこんな用紙を使っているのかと思うと、急に懐かしくなって手を伸ばした。二十枚ほどの束になっていて、持ち上げた時の感触もいい。「ほしいな」と思ったが、すぐに「何のため?」という疑問が、理屈好きの私の頭に浮かぶ。

私は一応「ものを書く」という仕事に従事しているが、もう十年以上も原稿用紙を使ったことがない。原稿はパソコンで書き、パソコンの画面上で推敲し、仕上がったファイルを通信回線で編集者に送る。この送稿の直前に、一度プリンターで印刷して最終原稿を作り上げるが、長文を手で書くことからはずいぶん遠ざかっていた。理由は簡単だ。手書きは非効率的だからである。

しかしその日は、非効率的であるというそのことに、妙に魅力を感じた。このショッピング・センターへ来たのは、八ヶ岳南麓にある山荘で一泊二日を過ごすのに必要な日用品などを買うためだが、考えてみれば、こんな非効率的な休日の過ごし方はない。

東京から二時間も車を飛ばし、高速道路代とガソリン代を使い、さらに光熱費もよけいに使う。東京と山荘間を往復すると、それだけで一万円と四時間が消える。同じお金と時間を都内で使うつもりなら、妻と二人で映画を見、ホテルのレストランでゆっくり食事が楽しめる。しかし、そういう効率的な時間の過ごし方とは別のものにも価値があると認めたから、山に家を建てたはずだった。

自然は不便だ。決して人間の都合に合わせて動いてはくれない。冬は雪で埋まり、せっかく出てきた木々の新芽はシカが食べるし、作物はイノシシが掘り返す。夏はブヨに刺されるし、間違ったキノコを食べれば、それこそ命を脅かされる。そういう他の生物を〝邪魔者〟と考え、すべて排除して人間だけの王国を築いたもの――それが都会だ。そういう都会生活に飽き足らない人間がわざわざ山へやってきて、いったい何を得ようとするのか。

それは不便であり、非効率である。意のままにならない環境や生物の間にわざわざ自分の身を置いて、自らの生き方や行動を「彼ら」の側に合わせてみるのだ。そんなことが、都会生活に慣れた人間に完全にできるわけではない。

しかし、そういう自然に〝寄り添う〟努力を通して、「彼ら」の生き方を学び、人間である自分と「彼ら」との共通点、相違点を知る。都会では、人間の世界の喜怒哀楽がすべてだと感じがちだ。しかし自然の中では、一生物の喜怒哀楽など容赦しない、それをはるかに超えた大きな秩序が、厳然としてそこにあることを否応なく知る。その秩序の中の一員であることに、なぜか人は満足するのである。

　自然を支配しようとしてきた人間が、自然の秩序の一部であることを知り、他の生物も自分と同じ秩序の一部であることを感じた時、そこに「回帰」の安らぎが生まれるように思う。それは不自由の中での満足であり、「彼ら」との接触や摩擦の中での自己確認だ。「彼ら」に対す

る抵抗の中で、人間という生物種の一員である自分が形成されてきたという実感、と言ってもいいだろう。それはまた、〝生みの親〟としての自然への感謝の気持も含む。人間は「楽」ばかりでは、生の実感を得られないのだ。

文具店では、小学生用の原稿用紙ではなく、その隣にあったごく普通の四百字詰のＢ４判のものを買った。二十枚が一〇八円だった。山荘へ着き、凍結防止のために〝水抜き〟をしてあった水回りに通水をする。食料品や日用品を家の中へ運び込み、あとの処理は妻に任せて、私は陽の当たるデッキに出て、テーブルの上に原稿用紙をひろげた。そして、清冽な空気の中で、さっそくスケッチ用のペンを使って、用紙の升目を文字で埋め始めた。

絵を描くときの抵抗とは全く違う強さで、原稿用紙は私の指先に逆らう。ペンが原稿用紙に引っかかる、と言ってもいいだろう。升目に現われる手書きの文字は、だから驚くほど稚拙だ。長年にわたり、字を書く努力を怠ってきた証拠だ。

しかし、この抵抗感の中から生まれる言葉は、キーボードを打つ中から生まれる言葉よりも、何か確かな手ごたえを感じる。錯覚かもしれない。だが、少なくとも悪い錯覚ではない。

（二〇〇二年三月十四日）

都会人の無謀

数日前から山梨県大泉村の山荘にいるが、山での人の有難さと、山を知らない都会人の無謀さを痛感した。実は、この山荘の庭を整備するために、半時間ほど車を運転してホームセンターへ行き、そこで砕石とレンガを積み込んだ。すでに触れたが、私の車はホンダのオデッセイなので、二列の後部座席を畳むと荷物がずいぶん入る。それに気をよくして、砕石は二〇キロ入りの袋で二十袋、レンガは二百個を入れた。これだけで六〇〇キロぐらいの重量になるから、大人が十人くらい乗り込んだ計算になる。オデッセイは七〜八人乗りだから、きっと積載オーバーである。

舗装道路は、心して低速で走って無事にクリアしたが、そこからさらに山荘までは、砕石だけを敷いた登り道が一キロほどある。これが連日の雨と車の通行のおかげで、

溝ができていたり、轍《わだち》がえぐれていたりする。この山道に入ってすぐに、車の下部がガリッと大きな音をたてた。それでも、「ハンドル捌《さば》きで車の〝お腹〟をすらないで行こう」などという甘い考えで登り続けていると、小海線の線路を越えて三〇メートルほど行ったところで、ギャリン、ギャリンと〝お腹〟が悲鳴を上げだした。これでは車が壊れてしまうと思った私は、停車して外へ出て、妻と顔を見合わせた。車の下部と道路との間には、隙間がほとんどないのである。

そんな時、後方で声がして、五十代の女性が姿を現わした。見たところ、すぐ近くの家に住む人のようである。その人が「その車じゃ無理だから、うちのジープを貸してあげるから、それで荷物を運びなさいよ」と言う。我々はその好意に感激して、車を借りることにした。ジープとは、スズキのジムニーだった。これは四輪駆動で、軽自動車ではあるが馬力とスタイルで山荘族には人気がある。ただし荷台のスペースが狭いので、三回に分けて砕石とレンガとを運び、我々夫婦は無事山荘へ帰還した。

この女性がわざわざ家から出てきて声をかけてくれなかったら、我々は積荷のほとんどをその場に下ろして、三回どころか五〜六回に分けて運ぶことになったに違いない。我々が感謝の印にメロンを持参すると、その女性いわく——「山ではいろんなことがあるからね。またいろいろ言ってください」。はい、愚かな都会人にいろいろ教えてください——と私は声に出しそうになった。

（二〇〇一年八月九日）

隣の大学教授

今日は、わが山荘の隣人である大学教授のところへ、妻と二人で挨拶に行った。「隣人」とは書いたが、森で視界を妨げられていることもあり、山荘から見える範囲には、実は家は一軒も建っておらず、歩いて二〜三分かかる所に、この人の山荘がある。まだ会ったこともない人だが、山荘を世話してくれた不動産会社の関係者が、「お隣は、うるさ型の大学教授ですよ」と言っていたから、「うるさ型」なら挨拶が必要だろうと考え、東京からクッキーとパイの詰め合わせを持ってきていた。

この教授の山荘は、前にも何回か外から見たことがあるが、すごく変わっている。直径四メートル、長さ一二〜一三メートルぐらいの金属製の円筒を横にしたものが二棟、一部でつながって並んでおり、さらにその奥に小さい「離れ」のような普通の木造家屋がつながっている。しかも、その金属円柱の道路側の丸い部分には、太い線で漫画のような「顔」が描いてあるのだ。そんな建物の外観と「うるさ型」という噂から、私はその人のことを密かに「マッド・サイエンティスト」と呼んでいた。そんな家の呼び鈴を押すには少々勇気がいった。

押すとすぐに中で音がして、六十代とおぼしき女性が顔を出し、私の方を不審そうに見た。「突然すいませんが、今度隣に来た谷口と言います。ちょっとご挨拶に……」と私が言うと、急に女性の表情が和らいだ。二言三言、言葉を交わしているうちに、道路の方から七十代と思われる、眼鏡をかけた白髪混じりの男性が現われた。その様子から、すぐにこれがかの「大学教授」だと分かった。想像していたよりずっと〝まとも〟な人のようで、優しそうな目尻のシワからは、とても「うるさ型」の人物には感じられなかった。私と妻がその教授と家の外で話しはじめると、最初に顔を出した奥さんが家へ上がれと言う。そんなわけで、我々二人はつい小一時間も教授の家へ上がりこんで話をしてしまった。

教授は、その山荘を十年前に建てたといい、その奇妙な形の部分は、中国製の核シ

ェルターなのだという。そして、近辺の事情や過去の歴史、山菜取り、キノコ取りのこと、目と鼻の先の森の中をシカが走る話、フクロウが窓まで飛んで来た話など、興味ある情報をいろいろ教えてくれた。また、近所にニジマスやイワナの養殖場があって、個人にも魚を売ってくれるという話を聞いた。そこで夕方、車での買い物の帰りに、それとおぼしき場所へ寄ってみた。ニジマスが一尾一二〇円、イワナが二三〇円という破格の値段だったので、塩焼き用のイワナを二尾買って帰った。教授に感謝しきりである。

（二〇〇一年八月十一日）

チャナメツムタケ

休日の木曜日なので、いつものように妻と二人で大泉村の山荘へと車を走らせた。このところ朝七時半ぐらいに家を出て、二時間の旅程で九時半ごろには山荘へ着くスケジュールが定着した。朝食は車内でサンドイッチをかじる。普通は中央道の長坂インターから出て、まっすぐに山荘へ行くのだが、今日は山荘から一キロぐらい手前の、道路脇の林の中で車を止めた。ここを通るとよく車が一～二台止まっていて、その様子から、どうもキノコ採りに来ているように見えたので、私たちも今日はここを通過せずに、林の中の様子を見てみようということになっていた。地元の人の話では、そこらあたりにキノコが多いと聞いたからだ。山荘周辺の森では、そのあとゆっくりと探せばいいと考えていた。

その林はカラマツを主体として、そのほかサクラやクリの木が混じっていた。倒木も結構あって、キノコはそういう倒木の陰や近くによく生えている。そういう所へ行くと早速、直径一〇センチほどの薄茶色のカサを広げたキノコが二〜三個ある。山荘の周りで見かけない種類で、カサの外縁部の色は薄いが、中心部にいくにつれて茶色が濃くなるグラデーションが美しい。カサのすぐ下の軸は細いが、土に近づくにつれて太くなり、土に埋まっている部分はポッコリ球状に膨《ふく》らんでいる。注意深く根元から取り、カラマツの枯葉が混じった土を取り除いて、腰につけたビニール袋に入れる。倒木の反対側にも、同じ種類のキノコがいくつも見える。妻も近くで同じものを見つけて、「いっぱいあるけど、毒なんじゃないの」などと言っている。私は、たとい毒のあるキノコでも名前を知っておけば、後から役に立つと思ったので、生えているもののの中で、まだ新しそうなものは全部採取した。その場所から少し移動したところにも、やはり同じ種類のキノコがいくつも生えていて「採りきれない」と思った。

道路に近いこんな場所でこれほど採れるなら、山奥の山荘近くではもっといろんなキノコがあるかもしれないと思い、私たちはその場では二十本ほど採って切り上げた。

しかし、山荘周辺を小一時間歩いたが、期待していたほどキノコはなく、あったとしても小さいもの、食べられないものが多かった。また、道路脇の林に生えていたのと同じ種類のものが、そこにもポツポツと顔を出していた。結構な量が採れたが、収穫物の名前も知らないのではもったいないと考えた二人は、野生種のキノコを使ったスパゲッティーを出しているレストランの人に、教えを乞うことにした。昼用の弁当は持ってきていたのだが、それは別の機会に消費することにして、レストランでスパゲッティーを食べて〝お客〟になれば、きっと教えて

くれると思った。

「これはチャナメツムタケ」

――レストランのテーブルに座り、注文もそこそこで持ってきたものを見せると、顎ヒゲをたくわえたレストランの主人は即座にキノコの名前を言った。この辺ではよく採れて、ナメコのようにぬめりがあって美味しいのだという。私たちは顔を見合わせた。大当たりだったのだ。ものの本には、このキノコは「汁物にはナメコ以上にこくのあるうま味が出る」とか「ゴマ油や醤油との相性もいい」と書いてある。東京へ帰ってから、妻は佃煮用、マリネ用、汁物用に料理した。

（二〇〇一年十月二十五日）

木から出た男

山荘での生活はテレビも新聞もなく、村まで降りていくには車が必要だ。隣の大学教授の山荘にも人はいないようだから、まさに〝山の孤島〟である。そんな中で鳥の声を聞きながら薪《まき》割りなどをしていると、燃やす予定の木の幹や枝が、何か語りかけてくるような気がする。

「ボクは、燃やす以外の用途にも使えるんだヨ」

「ワタシは、厳しい環境の中でも優美に育ったのよ」……。

自然の木は、様々な形や模様を見せてくれるから、その多様性を利用して、昔から人間は木工を行ってきた。それに樹木は、大気中の炭素をしっかり固定しているから、それを燃やさずに使っているかぎり地球温暖化の原因にならない。こんな理由もあって、今回私は絵筆をとらずに、彫刻刀を握って、家から運んできた太目の枝を相手に、木工をすることにした。

子供がまだ小さい頃、私は粘土で絵本やアニメの主人公を作ったことがある。アンパンマンやノンタンや、物語の『エルマーとリュウ』に出てくる竜などだ。平面的な絵から立体を作ることは、いかにも何かを創《つく》るようで充実感がある。だが、人マネは本当の創造ではない。そこで、ゼロから何ができるかに挑戦してみる気になった。考えてみたら、私はまだ木彫りでオリジナルな立体を作ったことはなかった。まあ、練習のつもりで、ごく簡単なものができればいい、と思った。人間は環境が変われば、変わったことをしたくなるようである。

目のつまった堅い枝を削りながら、縄文時代の人間もこんなことをしたのだろうと思った。最近の研究によると、彼ら狩猟・採取生活者は、豊かな自然環境の中では生活必需品を製作する時間以外にも自由な時間を結構もっていたらしい。だから、工芸品も制作しただろう。細工用には、もっと柔らかい木を使ったのかもしれない。弥生人だったら、堅い木は、農作業や土木作業の道具にもしたのだろう。金属の刃物が発

明されるまでは、きっと堅い木の細工は難事だったに違いない。それにしても、この木は堅い。電動ヤスリを使えば、もっと簡単に成形できるのに……。

こんなとりとめのないことを考えながら夜、薪ストーブの前で木を削っていると、体はほてり汗ばんでくる。昼間も、南向きの窓のそばで、指先に力を入れて木を削る。そして、ゆるやかに湾曲した枝から、人の頭のような形が現われてきた。人間はやはり、人間自身に関心があるという証拠なのか。それとも、木に宿る生命力を表現しようとしたら、「人間の顔」になったということか。自分が作るものなのに、自分の気持が判然としないまま、形だけが整ってきた。

形ができたので、アクリル系の水性塗料で色を塗ることにした。肌色を塗り、茶色で眉と髪の毛を描き、唇、目へと進む。どこかで見たような顔になった。今、世界中が行方を追っているオサマ某という男をつかまえて、無理矢理ヒゲをそったらこんな顔か？　いや、そんなヤツよりは人相がいいはずだ。では、自分の顔に似ているのか、と考えてみるが、顔が長いし、鼻も高すぎる。私の心から出たのではなく、むしろ〝木から勝手に出た男〟という感じの、不思議な存在である。

（二〇〇一年十二月二十五日）

花壇づくり

先に大泉村の山荘の「黄色い庭」のことを書いたが、この〝砂漠〟のような不毛の土地も、二〇〇一年の秋には、一部に客土して花壇をつくり始めていた。

今日は妻と娘を伴って山荘に来ているが、その時妻の植えたスイセンとラッパズイセンが、この庭の隅で可憐な花を咲かせていた。一～二ヵ月前、東京の家の庭で咲いたものより小さい花で、植物自体の背も低い。しかし、このほかに花をつけた草が周囲にほとんど見当たらないこの地では、それだけでも我々の心を豊かにしてくれる。花にはそういう力がある。この作りかけの花壇には、スイセンの隣にチューリップも植えてあるが、こちらの方は緑の葉と茎を伸ばしているだけで、花はまだ蕾《つぼみ》の状態だった。

前日の土曜日に、妻は中央道の長坂インター近くにあるホームセンターで、色とりどりの花をつけた数種類の園芸種の植物を買った。それを植えるために花壇のスペースを広げるのが、今日の私の仕事だった。「鳥の飛行路」の章にも書いたが、私はこういう〝外来〟の園芸種を山荘の庭に持ち込むことに一抹の疑念をもっていた。この土地の人も言っていたが、外からわざわざ植物を持ち込まなくても、この地に適した植物は付近にたくさん生えているのだから、二〜三年もすれば、鳥や風が運んできた種から成長した植物で、庭の格好は充分つく。問題は、山荘を建てた人間が「それまで待てない」ということなのだ。

こうして、人間の好む種類の植物が、山の中にどんどん入っていく。そういう植物が山の生態系にどのような影響を与えるかは、簡単に予想できるものではない。だから、山荘の住人に新しい植物を「持ち込むべきか」「持ち込むべきでないか」と聞いたら、きっとその人は前者を答えるほかはないだろう。なぜなら、そもそも山荘を建てたのは、山の生態系を守るためではなく、「自分の好み」をその場所に見出したからだ。その「自分の好み」をさらに徹底させるために庭を造るのである。生態系のことが気になっていても、〝自然〟を優先させるならば、そもそも山荘など建てるべきではない。だから山荘の住人は、いろいろ矛盾を感じたとしても「自分の好み」を追求することになるのが普通だ。

しかし、そうは言っても「いったん始めたことは極限までやるべきだ」という運動選手のような論理は考えものだ。それは、「いったんタバコを吸い始めたら、肺ガンで死ぬまで吸い続けるべきだ」という論理と似ている。ニコチンの麻薬的作用と花の好みを同列に扱うのは問題かもしれないが、何事もゴリ押しはいけない。そもそも山荘を建てたのは、自分の知らない環境に魅力を感じたからなのだから、その周囲を、自分の知っている植物ばかりで埋めつくすのは無意味である。できるだけ、その土地のものを活かして使うのが本道だろう。いや、「使う」という考え方が、そもそも問題なのかもしれない。その土地の生物が本来の力を発揮して伸びることが自分の好みにも一致するような、人間と自然との〝共存点〟――幸せなバランス――を見出すべきなのだ。

ところで、こんなことを考えたのは妻が花を買い、花壇に花を植えてしまった後のことだった。彼女が娘と相談しながらホームセンターで花々を物色していた時、私は別の場所でサクラの苗木を売っていないか探していた。理由は、やはり人間本位だ。この時、大泉村の低地ではサクラがちょうど満開で、その美しさを翌年、あるいは数年後に山荘近くに再現したいと考えたからだ。実は今も、山荘の南側デッキの真ん前に、ヤマザクラの木が一本ある。しかし、その木は、カラマツの森の中で日照を競い合って生きてきたから、ひょろ長く伸びており、花の咲く枝は頭上高くにある。私は、もっと

首の疲れない位置に、白いサクラ（ヤマザクラ）ではなく、ピンクがかったサクラの花を見たいと思ったのである。人間は実に、自分勝手な考え方をするものである。

妻が前日に買った花は、パンジー、ブルー・デージー、エスコルチア、アレナリア・モンタナ、そしてルピナスだった。全部がカタカナの名前だから、これらの花の〝お里〟は推して知るべしである。

私は、この日の午前中、山荘の黄色い庭の東側の一角に鍬を入れ、石だらけの土を掘り返し、フルイで細かい土を残した後、山荘の薪ストーブから出た灰を土に混ぜ、さらに東京から運んできた腐葉土を混ぜ合わせて、花壇を六平方メートルほど延長した。東京の腐葉土は、家の庭の落葉を集めて二年ほど腐らせたものだ。だから、この中には東京の庭にある植物の種や虫の卵、幼虫、ミミズも入っている。こうして〝東京の自然〟と〝外国の自然〟の一部が大泉の山に移植され、これからは現地の自然との〝共存点〟を探していくことになる。

（二〇〇二年四月十四日）

自然界の余力

久しぶりに山梨県大泉の山荘に来た。いろいろな事情もあって、今年初めての訪問である。

「村」の名前まで変わってしまった。昨今流行の市町村合併のおかげで、大泉村は「北杜市大泉町」になった。私個人としては「八ヶ岳市」を希望していたが、合併の対象である自治体の中に八ヶ岳の裾野ではなく、甲斐駒ケ岳に近い白州町などが含まれていたために、こうなったらしい。まぁ、〝よそ者〟としては地元の決定に文句を言うつもりはない。

有難いことに今年二度目の花見ができる。

ソメイヨシノだけでなく、山桜も八重桜も枝垂れ桜も同時に咲いている。シバザクラ、スイセン、レンギョウ、チューリップ、ユキヤナギ、タンポポ……You name it! 以前、北海道の人が、「こちらでは春も夏も一緒に来ます」と言っていたことを思い出した。

「今年は春が遅い」と言われていたので、雪をかぶった八ヶ岳や甲斐駒ケ岳を想像していたが、「残雪わずか」という感じだ。山荘のある高地では木々が一斉に芽吹いていて、春光の中で黄緑の美しさを競っている。そんな自然を満喫しようと各地から訪れた人々の車が、町の道路をひっきりなしに通る。普段の交通量を知っている者には、「ここは都会か！」と思わせる。

生長の家の全国大会後にここへ来ると、GW前半に訪れた人々が山に入って山菜を大分採ってしまうので、〝残り物〟を探すことになる。特にタラノメは判別しやすく美味であるため、ほとんど「採りつくし」といった感じになる。私の山荘のすぐ裏にはタラの若木が何本も生えているが、去年は無残なものだった。

そんなわけで、今回もあまり期待をしないで山荘へ来たのだが、不思議なことに、その山荘の裏に限ってタラノメが十個前後も手つかずで残っていた。周囲はことごとく〝坊主〟になっていたのに、である。きっと山菜採りに来た人が、「ここは家人のために残しておこう」と仏心を起してくれたに違いない。感謝いっぱいである。

　植物の新芽を摘むことは、その植物の成長を阻害する行為であることは否めない。しかし、自然界で生きる生物は成長力が旺盛であり、少々の〝阻害〟があることを予定して、それを上回る成長をする。そういう成長の「余力」の部分を他の生物がいただくことで、自然は豊饒なバランスを維持している。タラノメを採るときも、その原則を忘れてはいけない。「新芽の部分を指先で持って折る」のがいい。刃物を使って芽の部分を〝根こそぎ〟に切り落としてしまうと、次に出る予定の芽が出なくなる。芽から下の幹の部分から伐るなどというのは、邪道中の邪道だ。また、翌年のことを考えて、背の低い木の芽などは採らないで残しておく余裕がほしい。

　人間による山菜採りの勢いよりも驚いたのは、シカの被害である。山荘周辺の森には、タラ以外にもコシアブラやハリギリなどが生えていて、去年の秋、コシアブラの若木にヒモを結んで判別しやすくしておいた。ところが、こちらの方はほとんどがシカに食べられていた。人間とシカの違いは、採られた跡を見るとすぐ分かる。人間は切ったように採るが、シカはそれこそ「丸かじり」である。切り口が割れていたり「皮つき」だったりする。また、折れたまま片方にぶら下がっているのもシカの仕業だ。

山菜にする木よりも〝深刻〟なのは、栽培種の木である。庭に植えたリンゴ、ライラック、ヤマボウシ、ゴールデンアカシア、ブルーベリーなどの被害はある程度覚悟していたが、本来土地の木であるモミやイチイなどの若木が無惨に皮を剝かれている姿は痛々しい。

今年は雪が多かったため、シカも食糧を求めて必死だったのかもしれない。シカの数は日本各地で毎年増えていると聞くから、自然界の「余力」と、それに基づいたバランスが今後どうなっていくのか心配だ。

（二〇〇五年五月五日）

第四章

過去から未来へ

横浜で忘れ物

横浜は、妻と私が家庭をもった初めての地だ。そして二十代の私が、新聞記者として歩き回った土地でもある。横浜港担当の記者だった私は、横浜税関、大桟橋、山下公園などを〝庭〟のように感じていた。もう二十年も前のことだが時々、懐かしくなって妻と行く。休日の今日も、横浜に住む知人を誘って、妻と三人で海の近くで昼食をした。昔「新港埠頭」と呼ばれていた場所の先が、今では埋め立てられて広大な「みなとみらい地区」になっていて、高層ビルや一流ホテル、遊園地などが建ち並ぶ。その新しい海辺のビルのレストランで、私たちは白ワインとカリフォルニアの魚貝料理で、時間がたつのも忘れて話した。

昼時の混雑の中で食べ始めた私たちだが、店を出る時には客は一人も残っておら

ず、店内では夕食の準備が始まっていた。私たちは車で来たから、知人を横浜駅前で降ろし、首都高速道路を通って東京の自宅に帰った。その時、私は愛用のデジタル・カメラを店に置き忘れてきたことに気がついた。このカメラは、どこかへ出かける時、いつも首から下げているのだが、帰宅した私の首にはそれがなかった。急いでレストランに電話したら、幸いにも、カメラは私が置いたままの位置に残っており、すぐに送り返してくれるという。

物を置き忘れる人は、その置き忘れた場所に未練があると言われる。その人の潜在意識が、「置き忘れたものを取りに帰る」という口実を作るために、意識には内緒で物を置き忘れさせるというのだ。真偽のほどは確かめようもないが、本当かもしれないと私は思った。というわけで、ここにある絵は、「日本一」と言われる大観覧車から以前描いた「みなとみらい地区」の黄昏である。

（二〇〇一年一月二十五日）

ニューヨークかぶれ

私が学生時代を一時ニューヨークで過ごしたことは、どこかに書いた。ニューヨーク市のアップタウンのコロンビア大学に二年間通っていたのだが、帰国後結婚してからも、公用を含めて三回行っている。この数は特に多いというわけではないが、この町の記憶はまだ鮮明に残っている。そんな理由もあるのか、「ニューヨーク」の名前を冠したものとは、いまだに関係を保っている。当時よく読んだ『ニューヨーク・タイムズ』紙が一部出資している『インターナショナル・ヘラルド・トリビューン』紙を毎日読んでいるし、『*New York Review of Books*』という書評紙を購読し、「ニューヨーク科学アカデミー」の一員でもある。また、当時宿舎にしていた「International House」には毎年、寄付金を送っている。

ニューヨークはよく映画の舞台になるが、私の家にあるビデオの中にも、この街を舞台にした作品が結構多い。それをリストしてみると――『ワーキング・ガール』『夢の降る街』『クレイマー、クレイマー』『追憶』『ブロードキャスト・ニュース』『ゴースト』『恋愛小説家』『マンハッタン・ラプソディ』『34丁目の奇跡』など。

ベーグルも好きなものの一つだ。このパンはもともとユダヤ人の間で食べられ、十九世紀後半にアメリカ大陸に伝わった。そして、ニューヨークやシカゴのユダヤ人社会で食されていたものが世界中に広がった。意外に思うかもしれないが、私はニュ

ーヨークにいた頃、普通のサンドイッチはよく食べたが、このパンを食べたことがなかった。円形で真ん中に穴が開いている分、間にはさむ具の量が制限されるような気がしたからだ。が、日本で食べてみると、アゴが疲れるほどのその歯ごたえとボリューム感の虜になった。そんなわけで、私はいまだに〝ニューヨークかぶれ〟なのだと思う。

ニューヨーク市は「ビッグ・アップル」と呼ばれる。その由来は、しかし百科事典にも出ていない。ニューヨークで売られているリンゴは、日本の「ふじ」より小さかったと思う。なぜそんな愛称がついたのか今度、ニューヨークの友人に聞いてみたい。

（二〇〇一年二月六日）

眼鏡

眼鏡を買った。

初めてではないが、ずいぶん久しぶりだ。妻に聞いたら「眼鏡をかけた顔は、結婚以来初めて」と言われた。昔のアルバムを見ると、アメリカ留学時代の身分証明書に眼鏡をかけてヒゲを生やした写真が貼ってある。だから、少なくとも二十数年間眼鏡をかけていなかったことになる。今まではコンタクト・レンズの世話になっていたのだが、利《き》き目の近視が進んだことや、夜になると目が疲れることが気になりだしたため、眼鏡を一つぐらい持っていてもいいだろうと思うようになった。

渋谷の眼鏡店へ行くと、近ごろの眼鏡がずいぶんファッション化しているのに驚いた。私が眼鏡の世話になっていた頃は、光学機器メーカーの眼鏡が主流だったように憶えているが、今は「KENZO」とか「KOOKAI」とか「MR.JUNKO」とか「J.CREW」など服飾ブランドの名前の入った眼鏡しか置いてなかった。何となく軽薄な感じがして不安だったが、眼鏡自体が「軽薄」になっているのを知って、妙に納得してしまった。つまり皆、レンズの縦幅が薄く、フレームはプラスチックのように軽いのだ。

自分の顔というのは、自分でよく分からないものである。毎日鏡で見ている顔は、左右反対だし、泣いたり笑ったりしている時は、鏡など見る暇はない。そこで、私の顔を私より知っていると思われる妻に、フレーム選びを手伝ってもらった。できるだけ目立たない、軽い眼鏡と

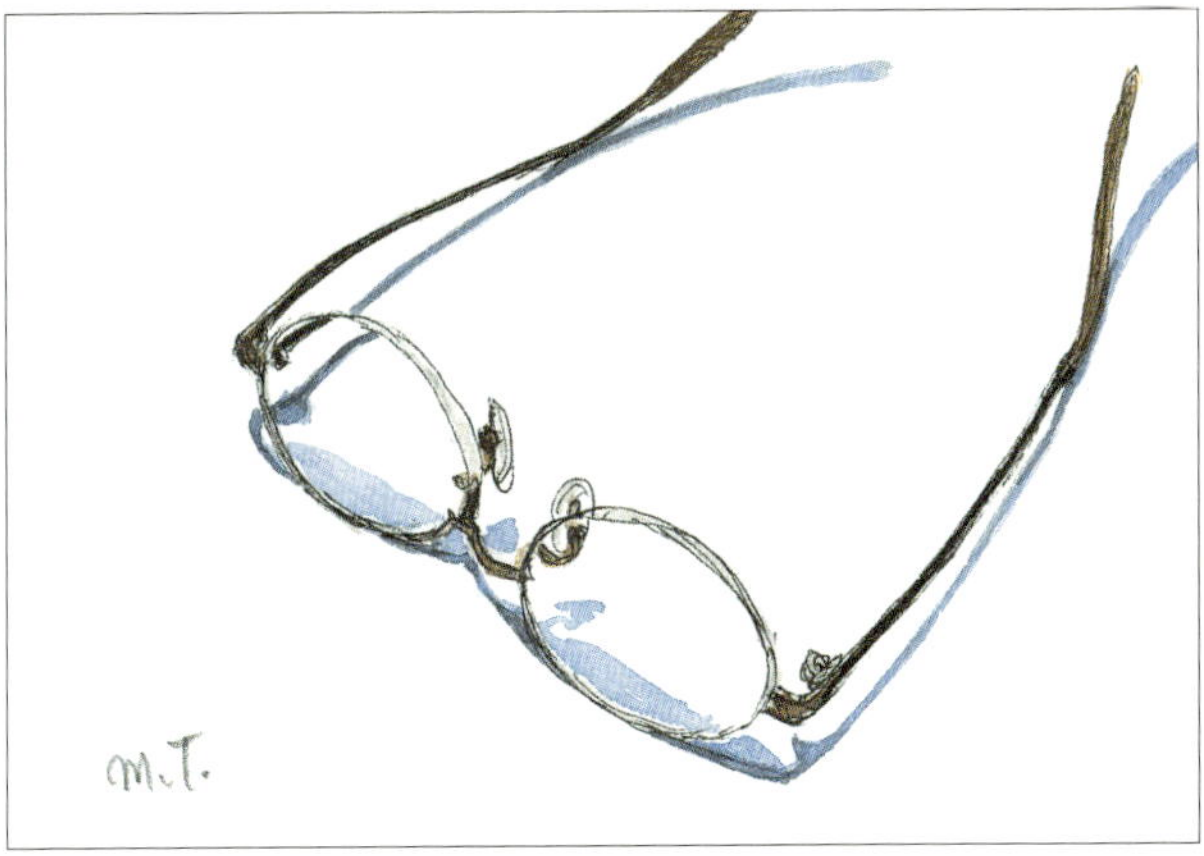

いう条件で探したが、最終的には妻が選んだ二つの中から一つを買った。ところが、帰宅して家事をしている妻の前にそれをかけて現われると、

「いやだ、違う人といるみたい」

と笑いながらのたまう。

よほど似合わないのかもしれないと危惧したが、結婚二十二年目になれば、夫婦にはそういう新しい刺激があってもいいと思うことにした。

（二〇〇一年二月十六日）

卒業式の講堂

二男の高校の卒業式に妻と二人で出席した。

二男は、私がかつて通ったキリスト教系の大学の付属高校に在籍していた。その下の長女は、この同じ高校にまだ在学中だし、大学三年の長男もそこを出た。しかし、私が学んだ当時の先生はもうほとんどいない。だから、私にとっての〝母校〟の懐かしさは、建物や校庭を見る時に感じられる。息子の卒業式に出席しながら、私はその懐かしさが静かに湧いてくるのを感じていた。

この学校は幼稚園から大学院までを抱えているから、卒業式が行われた講堂は、主として高校で使うものの、たまに中学や小学校が利用することもあった。講堂の壁は、今は白く塗られているが、私の記憶の中の講堂は、もっと茶色がかった濃い色であ

ったような気がする。とにかく、その講堂は「薄暗い」という印象が残っている。
私がこの講堂に最初に入ったのは、高校生の時ではなく、小学生の時だった。当時は毎年、クリスマスが近づくと、ここで生徒によるクリスマス・ページェントが行われた。その頃バイオリンを習っていた私は、五年か六年の時に、そのページェントの音楽の一部を数人で演奏する役目を当てがわれた。舞台の袖の、あまり人目につかない所でそれを弾いたように憶えている。弾いた旋律も、まだ記憶に残っている。
中学に入ると、その講堂では毎年、英語のスピーチ・コンテストが行われた。私は一年と二年時にそのコンテストに参加し、二年の時に入賞をはたした。その時、一年の部で入賞した女子がいたが、その生徒のことを、私は小学生の時から密かに好いていた。ずいぶん早熟のように聞こえるかもしれないが、当時は「好いている」といっても、直接口をきいたこともない関係である。「憧れ」程度のものだったろう。
　三十年以上も前のそんな記憶をたどるともなく思い浮かべながら、私は妻と並んで讃美歌を歌った。卒業式は礼拝の形式で行われたから、送辞や答辞の際も、拍手が起こることはない。「仰げば尊し」の合唱もない。ただ、最後に卒業生が退場する時には、全員が立って拍手で見送った。二男はまもなく家を出て、四月からの大学生活の準備に入る。

（二〇〇一年三月十日）

高校の新聞

自宅の居間のテーブルの上に、娘の高校の新聞が載っているのを見つけた。タブロイド版の大きさで、白い、少し贅沢な紙に四頁の体裁で印刷してある。娘の高校は私の母校でもあったから、その新聞を見て懐かしさがこみ上げてきた。もう三十年以上も前に私が読んだことがあるというだけでなく、私が作っていた新聞でもあるからだ。私の高校時代の所属クラブは、新聞部だった。もっと正確に言うと、その高校では「出版部」と呼んでいたが、新聞以外には何も出版していなかったから、「新聞部」といっても間違いではないだろう。

私が懐かしさを感じたのは、その新聞が昔と同じ題字を使っていたからだ。よく見ると、題字ばかりでなく、コラムの名前やカットのデザインまで当時と同じものを

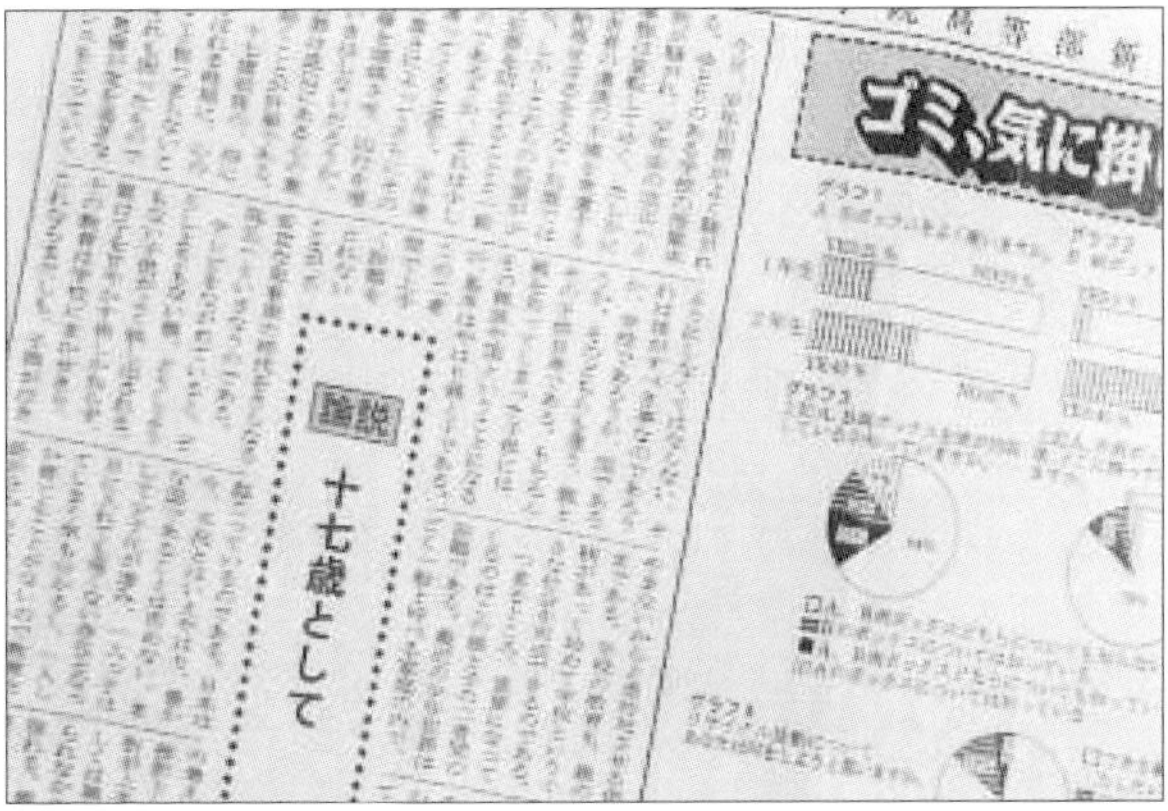

使っている。「あぁ、今の子供も昔と同じことをやってるんだなぁ」と思いながら、私の頭は一時、三十年前にタイムスリップした。しかし、書いてあることは、当時と大いに違うものがあった。まず一面トップは、校内のゴミのリサイクルに関する意識調査の結果が書いてある。昔は、こんな問題は存在しなかった。また、論説は「十七歳として」という題で、十七歳の少年犯罪を論じている。私はそれを興味深く読んだ。十七歳本人が、自分たちのことをどう感じているかを知りたかったのだ。

　論説は、問題のありかは親子関係だととらえる。そして、「一人っ子は目に入れても痛くない存在となってしまう気も分かるし、一人しか育てることがないので教育方法が分からない。さらには、兄弟、姉妹のいない子供は、早い段階で、人間関係の築き方を学ぶことができない。そしてなにより、親が子供のわがままを何でも聞いてしまい、子供に自分の思い通りにならないことがおかしい、という考えを植えつけてしまうことになる」と分析する。さらに、「親は、子のもっと先を見て、今何が子に必要か見極めなくてはならない」と説く。もちろん、親だけに責任があるというのではなく、子も「もっと自分の将来を見据え、いつまでも親に甘えすぎないこと」という。

「しかし……」と私は考える。

こう〝立板に水〟のように親に説教する十七歳は、本当に自分たちの問題を理解しているのか、と不安になる。何か借りもののような論理をつなぎ合わせて、まるで他人事のように自分の仲間のこと、その親のことを断じる。予《あらかじ》め頭にある〝正解〟を導くために、言葉を並べているような気がする。頭で考えているが、心では感じていない……。

が、振り返ってみると、私も十七歳の頃はそんな文章を書いていたような気がする。

この論説士も、単に〝背伸び〟をしているだけかもしれない。

（二〇〇一年三月二十日）

タイプライター

休日だったので、妻と二人で日比谷の映画館でやっている『小説家を見つけたら』という映画を見に行った。

ショーン・コネリー扮する大物小説家と、ニューヨークのブロンクス地区に住む文才のある黒人少年の間の、心の交流を描いた地味な作品だった。しかし、久しぶりに良い映画を見たという気がした。この中で大物小説家は、黒人少年に文章の書き方の手ほどきをするのだが、「小説の第一稿は、とにかく心から出てくるものを何も考えずにどんどん書け」と助言する。少年が書けないで困っていると、自分の作品を見せて「これをタイプライターで写しながら、自分の発想が出てきたらそれをどんどん書け」などと言う。そして、第一稿を〝心〟で書いたら、「第二稿は頭を使って丁寧に

書け」というのである。
　その時、映画に出てくるタイプライターは、いかにも古い感じのする黒い機械で、少年が活字を打つ音が「ポツ、ポツ」と途切れ気味に聞こえると、小説家は怒ったように「もっと心で書け」と言う。やがて少年の打つ機械がバリバリという連続音をたてるようになると、小説家は満足したように寝てしまうのだ。その音を聞いていて、私は懐かしくなってきた。
　私自身が、二十数年前にそんな音をたてていた。当時のタイプライターは、手動式のものから電動式に移行する過程にあって、私はスミス・コロナ社の手動式の機械を一年ほど使ってから、電動式のものに切り替えた。手動式では親指、人差し指、中指の三本には力が入っても、薬指と小指には力が入りにくいので、「a」「s」「p」などの文字を鮮明に出すには苦労する。ピアノを習ってでもいないかぎり、この二本の指の筋肉は鍛えられていないからだ。が、やがて練習の成果が出て、そういう文字も奇麗に打てるようになった頃、電動式になった。ところが電動式では、どんなキーであっても、それに触れるだけで「バチバチ」と強力な印字をしてくれる。この「バチバチ」「バリバリ」という音を聞きながら、私はアメリカでの孤独の夜を過ごしたものだった。

夜、家に帰ってから、昔の機械を出してきて絵に描いてみた。

（二〇〇一年四月五日）

ビートルズ・わが青春

ビートルズのリバイバル映画『ハード・デイズ・ナイト』が上映中だが、それと並行してビートルズものの売り上げが好調だという。

今日の『朝日新聞』夕刊によると、昨年がこのグループの解散から三十年というので、関連のCDや本が皆よく売れている。昨年十月出版の六八〇〇円の『ザ・ビートルズ・アンソロジー』が二十万部、十一月発売の二十七曲入りベスト盤『1』は、国内盤だけで二八〇万枚。堅い『ビートルズ　二〇世紀文化としてのロック』という本も初版五千部はすぐなくなったとか。

私の年代の〝団塊の世代〟が懐かしがって買っているらしいが、その子世代にも人気があるようだ。ためしに高校二年の私の娘に「ビートルズの曲、何知ってる?」と

聞いてみると、『イエスタデー』『ヘイ・ジュード』『イマジン』『レット・イット・ビー』など、すぐ名前を挙げた。彼らが彗星のように出てきたのは、私が中学生の頃だったと思う。その影響で日本でも「グループ・サウンズ」なるものが次々に結成され、中高生がそれをマネてフォークやロックのバンドを学校の内外で結成した。私は中学一年頃までバイオリンを習っていたが、左手の人差し指をケガして継続を断念した。しかし、この〝音楽旋風〟には巻き込まれざるをえず、父にギターを買ってもらって練習を始めたのもこの頃だ。

ビートルズのLPのアルバムは三枚ぐらい持っていただろうか。それを聴きながら歌ったことを思い出す。誰でも同じだろうが、そんな時、歌詞の内容と自分の体験や夢を結びつけて、その気になったり、感傷に浸ったりした。現在、ＬＰはビートルズ以外のものも含めてすべて処分してしまったが、数年前、彼らのＣＤを一枚だけ買った。昔持っていたＬＰと同じデザインのジャケットを見て懐かしくなり、収録曲名を見てもっと懐かしくなり、聴く機会はあまりないことを知りながらも、ついに買ってしまった。このアルバムの最初の曲は『ノー・リプライ』といい、恋人の家に行っても電話をしても、取り次いでもらえない片思いの苦しさを歌っている。今その歌を聴くと、当時の私のそういう経験がアリアリと思い出されてくる。音楽とは、実に不思議なものだ。

（二〇〇一年四月九日）

グールド博士を悼む

ハーバード大学の生物学者、スティーブン・J・グールド博士が、生まれ育った街、ニューヨークの自宅で肺ガンのため亡くなった。六十歳の若さだった。進化生物学の第一人者と言われ、アメリカでは故カール・セーガン博士と共に、一般人向けに分かりやすく科学を解説して人気を博した人だった。私の尊敬する科学者の一人でもあり、生物学のことでは私は多くのことを博士から学んだ。

拙著『神を演じる前に』（生長の家刊）でも同博士の言葉を二ヵ所で引用している。もっといろいろ学ばなければならないと思い、数年前、日本語で五九〇ページもある大部の著作『人間の測りまちがい』（河出書房新社刊）を買ったが、書架に入れたままになっていた。この本は、全米図書評論家賞を受賞した名著だ。早く読まなければと思いながら、ついに博士の死を迎えてしまった。誠に残念なことだ。

二〇〇一年九月のアメリカでのテロ事件後、私が九月二十八日に発表した「光の進軍を讃美する祈り」（『小閑雑感 Part2』一二二頁）は、グールド博士が二十七日付の『ヘラルド朝日』紙に書いた“Decency Trumps Depravity at Ground Zero, Too”（事件現場でも、品格は腐敗に勝利する）という論説に啓発されたものだ。あの惨事の中でも、人間の心の美しさを謳い上げた文章に感動して、こう書いたのだった：

スティーブン・グールド博士が教えてくれた実話がある——ある人は、ニューヨークの現場近くに中継所を設け、救助・復旧活動に必要と思われる細々とした品物——防塵マスクから靴の中敷きまで——を揃えて、無償で配布した。話を聞いて、沢山の人々がこれに加わり、電池やヘルメットも集まった。またある晩は、レストランのコックが紙袋を差し入れて、こう言った。「これは、うちの店で自慢のリンゴのケーキで一ダースある。まだ暖かい」そのうち一個をもらった消防士は、疲れきった顔に生気を取りもどして言った。「ありがとう。これは、この四日間で私が目にした最も愛すべきものだ。それに、まだ暖かいじゃないか!」

グールド博士は、この時すでにガンに冒されていた。苦しい中、街頭に出て救援活動に身を投じたのかもしれない。事件の打撃が博士の死期を早めたとしたら、実に残念だ。同博士は、自分の死期を知っていたのかもしれない。というのは、博士にとってガンとの闘いは初めてではなかったからだ。

博士は四十歳の時、腹部中皮腫(*abdominal mesothelioma*)という診断を受け、その病気が「不治のガンの一種で、死亡率の中間値は診断後八ヵ月」であることを、自分で調べて知った。当時は、ガンの告知はまだ一般的でなかったからだ。しかし、博士にそれを指摘された主治医は謝り、博士の合意のもとに実験的な治療法に挑戦した。これが奏効して、博士自身が「今やこの病気を完全に除去した」と思うような状態に達していた。医学の世界では、ガンは治療終了から五年たっても再発しなければ「治癒」と見なされるから、博士の悪性中皮腫は「治った」と言ってよい。

このことは、グールド博士が一九九六年に出した『*Full House: The Spread of*

Excellence From Plato to Darwin』という本に書いてある。この本は、ポーカーの「フルハウス」という手に喩《たと》えて、優秀さ（excellence）とは何かを論じている。それによると、「フルハウス」は、配られたカードの偶然の組み合わせから始まっているが、やがてプレイヤーの選択によって、持ち札のすべての優秀さが表現されるようになったものである。つまり、無駄なカードは一枚もない。これが、本当の意味での「進歩」の尺度であり、優秀さの定義であるというのである。別の言い方をすれば、進歩とは、単純なものが複雑化したり、ある段階から別の段階へ上がったり下がったりすることではなく、単一的な状態から多様な状態になること

——というのである。哲学の世界に例を取れば、プラトンから始まってダーウィンが現われたのが進歩なのではなく、両者が共にある状態（spread）が素晴らしいというわけである。

この説明が難解に聞こえる人には、グールド博士の別の喩えを示そう。それは、アメリカの野球界では、一九四一年にテッド・ウィリアムズが出した「〇・四〇六」（四割〇分六厘）というシーズン中の最高打率以来、四割打者はもう出なくなったという事実がある。それ以前は、一九〇一年のアメリカン・リーグ発足から三十年間に、七人の選手が四割を超える打率を記録している。一体これは野球が（そして野球選手が）進歩しているのか、それとも退歩しているのだろうか——とグールド博士は問う。読者は、どう考えるだろうか？

博士の答えは明確である。これは疑いもなく、野球と野球選手の「進歩」であって「退歩」ではない。なぜなら、この期間に、すべての野球選手が全体として実力を向上させ、野球自体もレベルを高めたために、〝一人勝ち〟をするような選手が出なくなったことを示しているからだ。つまり、「打つ」だけでなく、「投げる」ことや「守る」ことにおいても優秀な選手が増えてきた。これが進歩の指標である、というわけである。

私は、グールド博士の訃報を聞いてから、仕事場の書棚を物色していてこの『*Full House*』の本を見つけた。以前買っておいて、一度途中まで読んだものだが、どのようにして入手したかは記憶に定かでない。手にとってパラパラとページを繰っていると、本扉の一枚前のページの中央に、ボールペンの手書き文字があることに気がついた。改めて本のカバーを見ると、「Autographed Edition」（著者サイン入り）というラベルが貼ってある。多様性を愛した科学者の〝肉筆〟だ。大切にしたいと思う。

（二〇〇二年五月二十二日）

【参考文献】
○ Stephen Jay Gould, *Full House: The Spread of Excellence from Plato to Darwin*, (New York: Harmony Books, 1996)
○スティーブン・J・グールド著／渡辺政隆訳『フルハウス　生命の全容――四割打者の絶滅と進化の逆説』（早川書房、一九九八年）

アンカーマンの退場

アメリカのＡＢＣニュースの看板アンカーマン、ピーター・ジェニングス氏（66）が、肺ガンにかかっていることをニュースで自ら発表した。かつての張りのある高めの声は消え去り、喉の奥で鉄のビー玉をいくつも転がしているような低い声で、懸命に自分の意志を伝えようとしている姿を見て、私は衝撃を受けた。

私はほぼ毎朝、ＡＢＣニュースをＮＨＫの衛星放送で見て一日を始める。そして録画もとる。ここ数日、ピーターの姿が見えないことは気になっていた。録画を過去に遡って確かめてみると、四日ぶりのテレビ登場である。この前に登場した四月二日放送のニュースは、ローマ法王が危険な状態に陥ったということを、バチカンからの報道を交えながらトップニュースでスタジオから伝えていたが、声が震えているのがわかり、私はその時、「ピーターはカトリック教徒か?」と疑ったほどである。

彼は、感動的なニュースを報道する際、たまに声を震わせるだけでなく、涙をにじませることもあった。だから今度も、感動のために声が震えているのだとばかり思っていた。しかし、肺ガン、またはその治療の影響で、商売道具の「声」が思うように出なかったに違いない。彼自身がバチカンへ行く予定だったが、行けなかったとの報道があったから、健康状態は相当よくなかったのだ。

彼は、世界的大事件や大イベントがあると現場へ飛んで、そこから報道することで有名だ。香港が中国へ併合された時も、湾岸戦争やイラク戦争の前夜にも現地から報道した。だから今回、ローマ法王の死について自ら現地から語れなかったことは、さぞ残念だったに違いない。

今日の放送では、自分が突然テレビから姿を消したことで様々な憶測が流れたことに言及した後、「私は肺ガンにかかっています。ええ、私は煙草を吸っていました。でも、それは二十年前のことです。その後、9・11が起こった時、また吸いました。これからも体調がよい時には、またアンカーとして登場するでしょう」と言った。

この時、私はニューヨーカー、もしくはニューヨークを仕事場にする人にとって、9・11がどれほど大きな衝撃だったかを、改めて思い知らされた。

私が彼のことを「ピーター」と気安く呼ぶのが気になる人がいるかもしれない。しかし、私にとって彼を「ジェニングス氏」と呼ぶのは、まるで別人のようで違和感がある。

彼は二十年以上、ABCのアンカーマンをやってきたが、私はその約半分、少なくとも十年間は彼のニュースを見てきた。「見る」だけでなく、シャドウィングという英語の練習をした。これは、聞こえてくる英語に半秒ほど時間を遅らせて、聞こえた通りの英語をオウム返しに口に出す方法である。それによってhearingとspeakingの双方を向上させようというわけだ。この十年間で、私の英語が実際どれほど向上したか心もとないが、しかしどんな人の英語よりも、彼の英語に私が慣れ親しんだことは確かである。だから「ピーター」なのだ。

ところで、煙草好きの皆さんに訴えたい。ぜひ、できるだけ早く、吸うのをやめてください。これは確実に、あなたの寿命を短くします。まだまだ仕事が続けられる年齢時に、声帯を奪ったり、呼吸機能を奪います。ニューヨーカーの進化生物学者、スティーブン・J・グールド博士も煙草のために肺ガンとなり、六十歳の若さで亡くなりました。「好きなもののために死ぬんだったら、いいじゃないか」と言わないでください。あなたの死を望まない人は、あなたが知る以上に数が多いかもしれないのです。

（二〇〇五年四月六日）

アンカーマンの死

アメリカのABC放送で二十年以上もアンカーマンを勤めていたピーター・ジェニングス氏（67）が亡くなった。四月六日には、彼が自分のニュース番組で肺ガンの治療のためにアンカーマンを降りると発表したことを伝えたが、それからわずか四ヵ月後の死亡だった。

八月八日付の『ニューヨーク・タイムズ』は彼の死を一面で報じ、CNNは一日中、彼の追悼番組を流していた。アメリカのマスメディアがそれほど彼の死を悼むのは、彼が映像ジャーナリズム界のスーパースターであり、対外的にも〝アメリカの顔〟であり続けてきたからだ。また、昨年十二月にNBC放送のトム・ブロッカウ（Tom Brokaw）氏が、今年三月にCBS放送のダン・ラザー（Dan Rather）がアンカーマンとしての現役を去り、そして今、ジェニングス氏の死で、アメリカのニュース報道の歴史の一幕が閉じられたとの認識があるからだろう。日本では、これほど長い間、人気を保ち、ニュースの〝顔〟として一世代と共に生き続けてきた人は思い浮かばない。

ここからは彼を「ピーター」と呼ばせてほしい（理由は前項参照）。CNNの報道によると、ピーターが降板を発表した時には、肺ガンはすでに手術できない状態にまで広がっていて、化学療法と放射線治療による回復が期待されていたという。ABCは、ピーター降板の後も、夜のニュース番組のタイトルを「ABC World News Tonight with Peter Jennings」という従来のものから変更せず、代役のアンカーマンはニュースの最後にいつも「ピーター・ジェニングスとスタッフの代りにご挨拶します」という言葉を添えてきた。それほど彼の存在は同社にとって大きかったと言える。

ニールセン・メディア調査によると、ピーターの人気の最盛期は九十年代前半で、その当時は一四〇〇万人近くのアメリカ人が毎晩、彼の夕方のニュースを見ていたという。その後、ケーブル・テレビの登場やインターネットの普及で視聴率は下がっているものの、9・11などの大事件が起こるたびに視聴者はテレビニュースにもどってきているようだ。

ピーターは七月二十九日が誕生日だから、六十七歳になってすぐの旅立ちだった。一九三八年生まれのカナダ人で、父親のチャールズ・ジェニングス氏はカナダのCBC放送の重役で、ラジオ・ニュースの開拓者だった。その関係からか、彼はすでに九歳の時にラジオ番組をもっていた。十七歳で高校を中退してジャーナリズムの世界に入ったようだ。二十四歳の時には、カナダのCTVニュースのキャスターとなり、父親のもつネットワークとライバル関係になった。

二年後、アメリカへ移ってABCの放送記者になるやいなや、二年もたたないうちに夕方のニュースのアンカーマンの一人になり、CBSのウォルター・クロンカイト氏などの一流アンカーマンと視聴率を争う関係になった。その後、十年以上は海外での特派員生活をする。この間、ピーターは現場での教育をみっちり受けて国際問題に詳しい一流のジャーナリストになる。夕方の国際ニュースのアンカーマンとなったのは一九八三年だ。そして二〇〇三年には、カナダからアメリカへ移籍した。

個人生活では、いろいろ噂になったこともあるようだ。三回離婚し、四番目の妻はABCテレビの元ディレクター、ケイシー・フリード氏だ。三番目の妻との間に二人の子がいる。自宅は、ニューヨーク市マンハッタンのアッパー・ウェストサイドと呼ばれる高級住宅地。仕事場のABC放送へは歩いて行ける距離だ。

ところで、私たち夫婦は今日、仕事[*1]の後のフリータイムをマンハッタンで一日過ごしたが、このアッパー・ウェストサイドのすぐ向い側にある「タバーン・オン・ザ・グリーン」というレストランに、昼食に行った。セントラル・パークの中にある店で観光コースに入っているのか、旅行客で店内は溢れていた。空は薄曇りで、気温は三〇度に達しない過ごしやすい日だった。木陰の窓辺で談笑しながら食事する人々は、誰もこのアンカーマンの死を話題にしているように見えなかった。

時代の終りとは、静かに過ぎ去るものかもしれない。

（二〇〇五年八月八日）

＊1　二〇〇五年八月五日〜七日に、米国ニューヨーク市郊外で開催された、英語圏の生長の家幹部を集めた研修会。

横浜との縁

横浜の思い出を何回か書いているが、この町は私と不思議な縁があることに気がついた。

こんな書き方をすると、「何を健忘症みたいに……」と思う方がいるかもしれない。しかし、人間の記憶とは不確かなもので、自分が三十年前に何を感じ、何をしていたかを思い出すのは（少なくとも私にとっては）至難の業だ。ところが、三月末に書いたように、古い写真のデジタル化などをしていると、アルバムにも貼ってないような写真を見ることになり、普通では思い出すこともなく忘却の彼方にある過去の自分に、突然逢ったような気持になる。そして「へぇー、そうだったのか……」と自分自身に気がつくのである。

私は結婚後の新居と職場をこの地にもっただけでなく、独身時代にも何回も横浜を訪れていることを写真で知り、またそのことを思い出した。今まで見つけたもので〝最古〟の横浜の写真は昭和四十六（一九七一）年だから、私が二十歳のころだ。この頃は青山学院大学の法学部に通っていたが、写真に凝っていて、友人と一緒に車で横浜など東京の近郊へ出かけて、写真を撮っていた。

写真は父が趣味としていて、自宅に暗室を作って自ら現像と焼付けをしていたのを、息子の私も教えてもらって自分でやるようになった。私はもっぱら白黒写真だったが、父はその頃からカラー写真の現像と焼付けもやっていたのを憶えている。私はそれを傍から見て「すごいなぁー」と思ったものだ。

保存してあったネガフィルムの束を見ると、私はその頃、横浜の海岸通りや新港埠頭近辺を撮影しただけでなく、山下公園などであったモデル撮影会にも友人と参加している。青山や六本木あたりの夜の写真もある。それを見ていて思い出したが、当時は森山大道氏らが夜の都会の断片を〝本能的〟に切り取ったような、粒子の粗い白黒写真を写真雑誌に載せていて、私はそれを真似て、暗闇に向かってほとんど無作為に

ストロボを焚いただけの、ワケの分からない写真も撮った。
写真の画像をわざわざ荒らすための「増感現像」もしていたから、ちょっとした〝マニア〟だったのだろう。そうやって撮った写真の中に、八〜九年後に自分の主な仕事場となる横浜海事記者倶楽部が入った横浜税関の建物も写っていた。
「地縁」といえば、ある土地に住み着くことで生じる人との縁のことを指すが、私は人と土地そのものとの関係にも、深い浅いの違いがあるような気がする。「故郷」と呼ばれる場所は、血縁と地縁の双方が合わさった濃厚な関係を人と結ぶが、「兎追いし彼の山、小鮒釣りし彼の川」と歌われるように、人以外の自然環境との間にも人は深い心理的関係を結ぶ。もしそうであるなら、人は故郷以外の土地とも〝縁〟を結んでいるに違いない。そんな関係を、私は横浜に感じるのである。

(写真は、昭和四十六年当時の横浜税関の正面玄関。向かって左側の玄関脇の一階の部屋が記者クラブに充てられていた)

(二〇〇五年五月二十三日)

森山大道写真展

福岡市で行われた生長の家講習会のあと、同市中央区のビル内で開催されていた森山大道氏（69）の写真展「記録そして記憶」を見に行った。前にも書いたが、私は学生時代に写真に凝っていた時期があり、そのとき〝心酔〟していた写真家の一人が森山氏だった。

彼の写真は決して「美しい」ものではなく、モノクロ主体でむしろ「乱雑」であり「猥雑」でさえあった。しかし、被写体を白と黒の粒子の荒い点の集まりに変換することで一種の〝抽象化〟を行い、それが明確な構図の中から訴えかけてくる力強さは、若い頃の私にはとても魅力的に感じられた。それに、夜の街中でストロボの閃光を発しながら、ファインダーを覗かずに撮る、という奇抜な撮影法がいかにも直感的

で、神秘的に感じられた。「写真とは被写体を克明に美しく撮るもの」という常識の逆を行きながら、世間に受け入れられる作品を撮り続けているという点が、私の驚きだった。当時、慶応大学にいた友人を誘って夜の街へカメラを持って繰り出し、森山氏のマネをしてストロボを発光させていたことを思い出す。

私は、森山氏の写真は一種の〝異端〟だろうと思っていたが、この写真展を案内する新聞記事を読むと、同氏は「海外でも評価が高い写真家」だそうで、そんな写真家の写真に惹かれた自分もあながち〝異端〟ではなかったのだ、と妙に安心した。氏は今年になって、長らく中断していた個人写真誌『記録』を数十年ぶりに再スタートさせたそうで、そこに掲載された写真と過去の写真を同じ会場に展示していた。その二つを見比べた限りでは、私には数十年の時間の差は感じられなかったのである。だから、「懐かしい」という気分を味わった一方で、何か物足りなさも感じた。

この写真展を見ながら気がついたことがある。それは、私の写真の撮り方には、最近のものも含めて、構図や被写体の種類において、森山氏の写真が案外影響しているというこ

とだ。当時の私が好きだった写真家には、森山氏以外にも土門拳、秋山庄太郎、ユージン・スミスなどがいたが、それら三氏よりも森山氏の影響が強いのではないかと感じた。私はもちろん写真家ではないから、自分の写真が誰かから「影響を受けた」などと言っても、日本の写真界にとって何の重要性もない。これはあくまでも私個人の表現法の問題である。

そこで、最近私が撮った写真をパラパラと眺めて、〝森山流〟と共通するものを探してみた。それをここに紹介するが、私が撮ったままの写真では〝森山流〟ではないので、それらしく加工したものも並べてみた。どんなものだろうか……？

（二〇〇七年十月二十八日）

ながら族へ転向？

私がまだ中高生時代に「ながら族」という言葉があった。

何かをしながら、別のことを同時にする人のことを指す言葉だが、主として、ラジオやステレオから流れてくる軽音楽やＤＪを聴きながら勉強をする学生のことを、親が批判的に指摘するときに使われていたと思う。今では勉強中に音楽を聴くことは当たり前で、ソニーがウォークマンを発売して以来、歩きながらの音楽も、ジョギング中やスポーツジムでの運動中の音楽も、とりたてて問題にする人はいない。携帯電話の普及後は、この傾向がさらにエスカレートしていて、歩きながら、デートしながら、トイレにいながら、食事しながらの、遠くにいる人との会話は当たり前になった。だから「ながら族」という言葉は死んだのだろう。

私はこの「～しながら」の行動が昔から苦手だった。中高生時代に「ながら族」の勉強をしなかったという意味ではない。多分したことはあるが、それが集中力を分散させてしまうことを意識していたから、試験勉強中は避けていた。ウォークマンが出ても買わず、ディスクマンも買わず、MDプレイヤーも、携帯電話も買っていない。その代わり、パソコンはかなり早く始めた方で、最初に買ったのは、今の小型ゲーム機ほどの大きさで「ポケット・コンピューター」と呼ばれたシャープのPC-1500だ。それ以来、ラップトップからノートブックへと移行するなど、パソコンの持ち歩きは私にとって「当たり前」になっている。しかし、パソコンは「ながら族」的な使い方はできない。つまり、

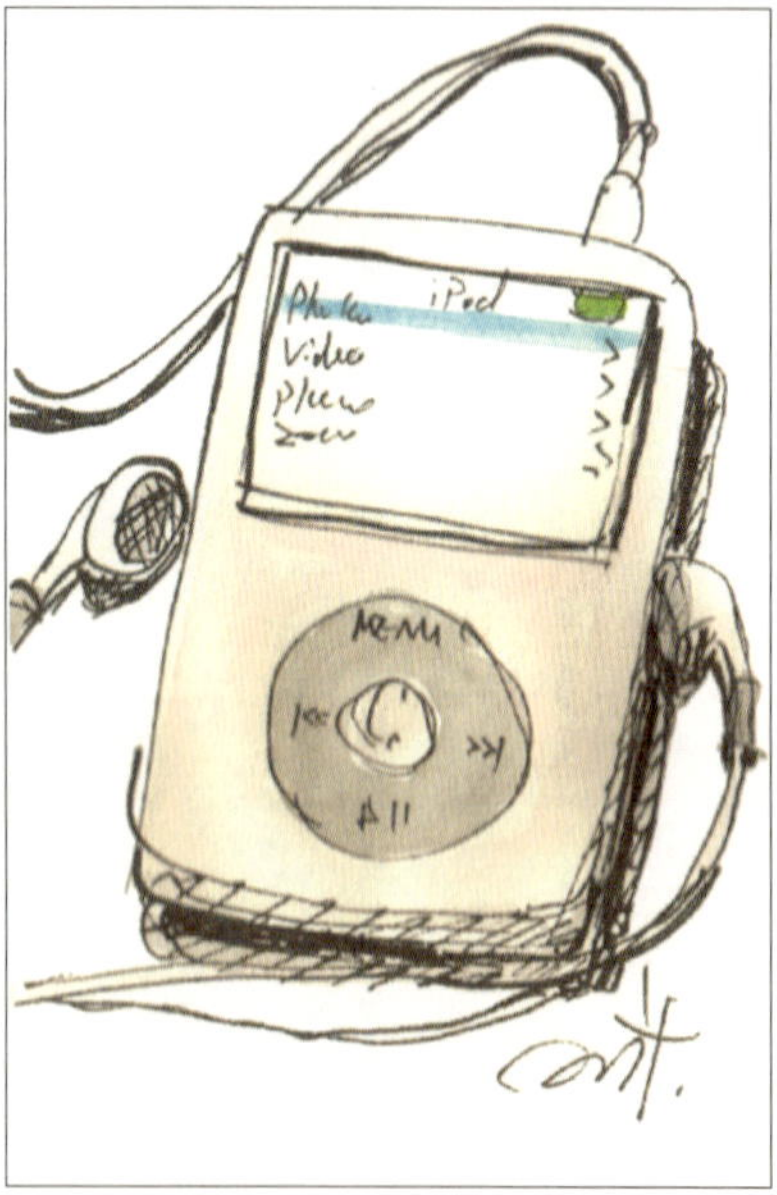

歩きながらパソコンをしたり、食事中のパソコンは無理だ。その点、私の機械の使い方は〝一点集中型〟なのだろう。

ところが、機械の小型化の流れは止まることを知らず、かつては畳一畳分の空間を占めたハイファイ・ステレオセットが、今ではワイシャツの胸ポケットに入るまで小さくなった。しかも、レコードのオートチェンジャー付きだ。そんなものを手に入れた場合、さすがの一点集中型人間も、宗旨替えをして「ながら族」に転向したくなる。そうなのである。私の誕生祝いに、アップル社の携帯プレーヤー「アイポッド」をくれた人（々）がいるのだ。機械が嫌いでない私はすぐ夢中になり、ここ二〜三日、新しい玩具をもらった少年のようにそれをいじりながら、しだいに魅力にとりつかれていく自分を感じている。

アイポッドは、パソコンの付属品として使う。別の言い方をすると、パソコンを〝母艦〟に喩《たと》えると、アイポッドはそれを基地として音楽や映像を搭載して飛び立つ〝航空機〟のような関係にある。パソコンは、どんなに小型のノートパソコンでも、ハンドバッグやポケットには入らない。しかし、そこから音楽と映像だけをアイポッドに転送すれば、軽々と町を歩きながら、ショッピングをしながら、食事をしながらでも音楽や映像を楽しめる、ということで、これは恐るべき「ながら族」の発想だ。この発想に対して、私が〝一点集中〟の自分のポリシーをどこまで守りとおせるかは、予断を許さない。が、使ってみなければ何事も始まらないので、私はとりあえず、持ち運び用の音楽を入れてみることにした。

とは言っても、私のノートパソコンに予め音楽が入っていたわけではない。かつて作ってあった自作のCDから、映画のサウンドトラックを転送した。そのCDにはBBCニュースの音声ファイルも入っていたから、それも転送した。そして聴いてみると、自分が透明な音の世界に包まれていくのがよく分かる。

「透明な」というのは「音に透明感がある」という意味ではなく、私の周囲に〝二重映しの世界〟ができるという意味だ。私の体を包み込む至近距離に「音だけの世界」が広がり、これまで「現実」と思っていた世界が、その外側に後退していった。こうして弱まった〝現実感〟の中で、妻が私に何かを語りかけている。幸福感に満ちた私は、彼女に笑顔で答えるが、相手の言葉など聞いていないから、きっとトンチンカンな返事をしたのだろう。目の前の妻はあきれたような顔をする。コミュニケーションが、とたんに希薄化してしまったのだ。

——ああ、これが現代の〝ながら族〟の棲む世界なのだ、と私は納得し、イヤフォンを耳から外した。

（二〇〇六年十二月二十七日）

〝後ろの目〟をどうする？

　以前、私がアイポッドを使い出した話を書いた。しかし最近では、私はそれをあまり使っていない。理由は、大きく分けて二つある。一つは、パソコンを換えたこと。もう一つは、やはり私は〝ながら族〟のライフスタイルに馴染《なじ》めないからだ。

　アイポッドは、自分で使うパソコンの内容と〝同期〟させて使う。この意味は、パソコンの特定のフォルダー上にあるファイルと、アイポッド内のファイルとは正確に対応している必要がある、ということだ。これによって、パソコン上で加除されたファイルが自動的にアイポッド上にも反映される。私は当初、この機能は「使いやすい」と感じていた。ところが、パソコンを新しくすると、新しいパソコンに古いパソコンのファイルを全部複写しておかないと、アイポッド上のファイルが自動的に入れ替わってしまう。これは実に「使いにくい」のである。

もう一つ不便なのは、妻がアイポッドをもらったので、その中に私のパソコンの音楽ファイルから選んで複写しようと考えたが、これが事実上不可能なのである。理由は、上に書いたように、ＰＣとアイポッドは〝同期〟が原則だからだ。しかも、一つのアイポッドに対して同期できるのは、特定のパソコン一台きりだ。別のパソコンから好きなファイルだけ選んで複写することは、（不可能でないとしても）非常に面倒くさいのである。

〝ながら族〟が好きになれない理由は、拙著『日時計主義とは何か？』（二〇〇七年、生長の家刊）か『太陽はいつも輝いている』（二〇〇八年、同）を読んでくださった読者なら、簡単に想像がつくだろう。イヤフォンを両耳に挿して街を歩くことは、少なくともその時間帯は、〝感覚優先〟の世界を拒否することになるのだ。音楽を聴くことは〝感覚優先〟であることは事実だが、その代わり、聴いている音楽以外の音は耳から入りにくいから、外界で起こる出来事に対する〝現実感〟が大分薄らいでしまう。別の言い方をすれば、肉体のもつ五感のうち聴覚だけが別のものに向いているから、心の中で他の感覚との間で注意の奪い合いが起こるのである。そして、「考えごとをしながら街を歩いている」のと似た結果になる。つまり、「心ここに有らざる」状態だから、私の言う〝感覚優先〟の生き方とは全く異なるのである。空の青さ、風のさわやかさ、道端の花の美しさ、すれ違う人々の表情、新しい店飾り……などに、この状態では気がつくことができない。

今日の『産経新聞』には、もっと危ない話も載っていた。それは、人間が歩行中などに普通に使っている〝後ろの目〟が、イヤフォンで音楽を聴いている人には使えないという話だ。いわゆる〝後ろの気配〟を私たちが感じるのは、聴覚によるらしいが、イヤフォンから来る音を聴いている人には、それが感じられない。同じことは、携帯電話で話している人にも言える。意識が片耳から来る音に集中しているからだ。だから、道路を歩いていて突然、ケータイを耳に当てながら立ち止まる人がいて、私もぶつかりそうになったことがある。こういう人々は、歩道を猛スピードで走る自転車にぶつかる確率も、ぐんと増えるに違いない。さらに物騒なのは、さいたま市では、イヤフォンをして歩く女性ばかりを後ろから狙ったひったくり事件があり、今月四日に少年が逮捕されたという。さらに想像すれば、秋葉原での通り魔事件で刺された人のうち、イヤフォンで聴いていたり、ケータイを使っていた人の割合はどのくらいか、が気になる。

日時計主義を標榜する私が、あまり暗い想像をしてはいけないが、〝文明の利器〟と言われるものも、使い方を間違えば不幸の原因になるのである。上記の通り魔事件の容疑者は、自分が〝ケータイ中毒〟であることを認めている。機械は「使うもの」であり、「使われるもの」ではないのである。

（二〇〇八年六月十六日）

わが町——原宿・青山

私も五十路を越えて五年も過ぎたためか、〝里心〟がついたようだ。
私は現在の居所のある東京・原宿の地で生まれ育ち、社会人になってからは高井戸、菊名、駒沢などで生活したこともあるが、結局この地に自宅を建てて落ち着いた。だから、「里心がついた」という表現は奇妙に聞こえるだろう。しかし、現在の原宿は、私が育った当時の原宿とは似ても似つかない繁華街である。駄菓子屋や八百屋、魚屋、材木屋、おもちゃ屋が並んでいた素朴な通りは、欧米の一流ファッション・ブランドが入った高層ビルが林立する目抜き通りに変身している。

この明治神宮の表参道のことを、私は密かに「ヴァニティー・ストリート」(Vanity Street) と名づけている。ヴァニティーとは、「役に立たない」とか「空疎な」とか

「虚栄の」という意味の形容詞「vain」の名詞形だから、私が何を言おうとしているかは分かるだろう。アメリカには「ヴァニティー・フェアー」（*Vanity Fair*）という有名な月刊誌があるが、それは主として芸能人などのセレブリティーの考えや動向を記事にしている。原宿近辺にも芸能人が住み、ブティックやビューティー・サロンが軒を接するように立ち並んだ。そういう外見の良さばかりを追う街になってしまったことを、私は半分苦々しく思っているのである。

とは言っても、こういう変化には〝良い面〟もある。ヴァニティーを追求する人々はまた、美的センスに長けていることが多い。だから、この街を歩いていると、無秩序に建てられる家屋やビルの中に、裏通りの路地の一画に、ハッとするような風景が現れることがある。また、懐かしさを感じる古い町並みがまだ残っている一郭もある。そういう一郭は、しかし次に行った時にはもう無くなっていることが多いのだ。このあたりは開発が急速に進んでいて、一年たつと風景が変わってしまうのだ。

今日（二〇〇七年二月一日付）の『朝日新聞』によると、昨年一年で全国で着工された分譲マンションの戸数は過去最高を更新したという。バブル期の最高を記録した一九九〇年が二三万八六〇〇戸だったのに対し、それを十四戸上回ったらしい。「道理で……」と私は思った。原宿・青山あたりでは、今流行の高層マンションがどんどん増えているだけでなく、商業ビルや二〜三階建ての住宅の建設も続々と進んでいる。これを「新しい街並みの出現」と見ることは、もちろんできる。しかし、私自身にとって、それは「喪失」であるということを最近、感じ始めた。多分、年を取ったからだ。私の心の中で、過去の思い出が、未来への期待よりも大きな位置を占めるようになってきたのかもしれない。

そんな新旧相い並ぶ混沌とした街の中で、私の心に残る、あるいは現在印象を刻みつつある風景を記録しておくのも悪くないと思い、スケッチ画を描いた。古い建物も新しい建物も差別せずに、しかし、事の性質から、あくまでも私の主観一〇〇％で選んだ風景をスケッチしている。

（二〇〇七年二月一日）

アクビする埴輪
日本青年館の裏庭で“番犬”のように佇む埴輪。何もないので退屈そうだ。

日本青年館
神宮外苑の野球場の隣にある。赤レンガの建物は西日が当たって光っていた。

メゾン・ハラジュク
千駄ヶ谷小学校より新宿寄りの、明治通りを入った路地にあるマンション。
手前の方が「MAISON HARAJUKU」だ。

モスク風の美容院
生長の家本部会館に通勤している人にはお馴染みの建物。ちょっと見では、美容院とは思えない。

ナチュラルハウス
知る人ぞ知る、青山通りのナチュラルハウス。無添加、無農薬、マクロビオテックなどの"自然派"志向のスーパーである。

明治神宮外苑・絵画館

坊主頭の絵画館は、私にとって見慣れた建物。ジョギング後、この前でストレッチをした。

青山学院・間島記念図書館
私の母校・青山学院のシンボル的存在。毎年、クリスマスになると、画面右に立っている樅の木にイルミネーションが輝く。

風見鶏のあるビル
地下鉄の明治神宮前駅から生長の家本部会館へ行く“近道”を知っている人は、このビルも知っている。瀟洒な感じの四階建てだ。

原宿は欲望の街？

ノンフィクション作家の工藤美代子さんが、二月十七日付の『日本経済新聞』に書いている「原宿はらはら」というエッセーを読んで、手で膝をハッシと叩きたい気分になった。まさに「わが意を得たり」の文章なのだ。

私は、工藤さんが原宿に住んでいたことは妻から聞いていて、散歩のついでに二人でお家の前まで行きかけたこともある。が、工藤さんは、六歳の頃から半世紀ものあいだ原宿に住んでいたのに、一昨年の夏、ついにこの地に「別れを告げた」というのである。その理由は、普通の商店がなくなり、高級ブランド・ショップばかりが建ち並び、「乱暴な言葉遣いに濃いメーク、そして高価なブランド物と携帯電話で武装した少女たち」が跋扈《ばっこ》するようになったため、「いくら愛着があり、思い出がたくさんつまっている街でも、これ以上住み続けるのが辛くなってしまったのである」と書いている。

そして、次の言葉が私の胸を打った――

今の原宿は欲望の街と化している。人間のあらゆる欲望が、あの街に集約されているように私には見える。

私は先に、原宿の表参道のことを密かに「ヴァニティー・ストリート」（虚栄通り）と呼んでいることを書いたが、工藤さんは、この街全体を「欲望の街」と名づけて別れを告げてしまった。そう言われれば、この街を動かしている原動力は「欲望」に違いない、と私も思う。

しかし、「それだけではない！」と私は叫びたい。谷口雅春先生ご夫妻が人類救済の拠点を建てられ、自らも永年生活された地だ。今も生長の家の国際本部がここで機能し、明治神宮の深い森は訪れる多くの人々の心を慰めている。生長の家に隣接して東郷神社もあり、歴史のある長泉寺や穏田神社もある。キリスト教では原宿ユニオン教会やクリスチャン・サイエンス教会、また天理教の教会もある。が、確かに、この街では、新しく生まれるものよりも、壊されて失われるものの方が、価値が大きいと感じられるのである。

こうして、私は、新しいものにも価値があるに違いないと思いながら、「新旧相い並ぶ混沌とした街の中で、私の心に残る、あるいは現在印象を刻みつつある風景を記録しておく」ことを始めた。が、この作業は未完である。「あそこも描きたい」「ここもスケッチしたい」と思いながら、忙しさに紛れて日を過すうちに、いざスケッチブック持参で行ってみると風景が変わってしまっている。そんなことは杞憂《きゆう》であってほしいと思う。

（二〇〇八年二月十九日）

第五章

映画を見る

『蟬しぐれ』

休日の木曜日を利用して、妻と二人で映画『蟬しぐれ』を見た。NHKテレビでも放映された藤沢周平氏原作の時代劇だが、私はこのドラマを見ていなかった。時代劇は『ラスト・サムライ』『北の零年』以来だが、見た印象は前二作より弱かった。

この作品を見たいと思った理由は二つある。一つは、小説『秘境』を書いたときに藤沢氏の作品の一つに登場してもらい、以来、氏に親しみを感じていたこと。もう一つは、藤沢氏の故郷である山形県鶴岡市周辺が『秘境』の舞台であり、その取材のために私はその地を三回ほど訪れていて、懐かしさを感じていたからだ。『蟬しぐれ』の舞台も鶴岡ということになっている。そういう私の側の「期待」が大きすぎて、比べられた本映画は迷惑だったかもしれない。

『蟬しぐれ』

私は藤沢氏の原作を読んでいないから、これから書くことは皆、黒土三男監督作品の映画についての感想である。二時間十一分の長さにしては、人間心理の描写に不満が残った。中に盛り込んだものが多すぎたため、かえって主人公や相手役の心の深みを描ききれなかったのかもしれない。例えば、自然描写は秀逸である。〝古き良き日本〟の春夏秋冬の風景が美しい「断片」として、作品中に散りばめられている。それは素晴らしいのだが、その環境の中で生きる主人公らの心の描写が、きわめて抑制されている。江戸時代の武家の人々は、こういう忍耐と我慢の生活を送っていたのかもしれないが、観客はその抑制された動作や表情から内心を読み取るのに努力が要求される。少なくとも、私はそうだった。一種の「忍耐の美学」なのかもしれないが、それを好む人と好まない人がいるだろう。

藤沢氏自身は『蟬しぐれ』について、こう書いている——

一人の武家の少年が青年に成長して行く過程を、(中略)剣と友情、それに主人公の淡い恋愛感情をからめて書いてみた。

問題はこの〝淡い恋愛感情〟だと思う。映画作品では、主人公の文四郎（市川染五郎）と相手役のふく（木村佳乃）の恋愛は、決して「淡い」ようには見えない。真剣に愛し合っているのだが、江戸時代の社会通念や習慣、武士として、あるいは女としての様々な義務に縛られて、燃える思いを遂げることができない。そういう辛く、哀しい悲恋物語のように、私は感じた。ラストシーンの一つは、三島由紀夫の『春の雪』のように、女は自分の性《さが》を棄てるために尼僧になるのだが、その別離のときの二人の表情は「淡い恋」のそれでは決してないのである。この点に黒土監督の脚色があるのかもしれないが、それならば、恋の成就を拒否してきた当時の社会に対する、主人公らの全く受け身の、諦めた態度が、現代人である観客は不満に感じると思う。

とはいうものの、私は結構泣かせてもらった。妻も少し泣いたそうだが、私ほどには涙を流さなかったという。暗い館内で涙の量など分かるはずはないと思うのだが、妻には分かるらしい。ところで題名の「蟬しぐれ」だが、映画の各所でBGMのような効果をもって使われている。出だしは、そのものズバリのアブラゼミの大合唱だが、

『蟬しぐれ』

ラストシーンは、一艘の舟が漂う湖面を渡る単独のヒグラシの声。その舟の中で主人公が仰向けになって横たわっている。何ともやるせないのである。

（二〇〇五年十月六日）

『亀も空を飛ぶ』

神田神保町の岩波ホールでやっている映画『亀も空を飛ぶ』（*Turtles Can Fly*, バフマン・ゴバディ監督、イラン＝イラク＝フランス映画、二〇〇四年）を、妻と見にいった。サダム・フセイン統治下のクルド人居住地域が舞台で、何とも悲惨な状況の中にありながらも、クルド人の孤児たちがたくましく生きる姿を描いている。二〇〇四年サンセバスチャン国際映画祭グランプリ、二〇〇五年ベルリン国際映画祭平和映画賞などを受賞した作品だ。

物語が終り、アラビア語のタイトルバックが流れ続けていても、なかなか席を立てなかった。平和で安全で、何ごとにも満たされた日本の映画館にいる自分と、スクリーンの向こう側に展開していた迫害と地雷と、何ごとも欠乏している世界との落差があまりに大きく、心の調整に時間がかかったのだと思う。

トルコとの国境に接した村と、そこにある難民キャンプの様子が画面に繰り広げられる。社会的、客観的条件から言えば〝この世の地獄〟と呼んでも過言でないような場所だが、自然はあくまでも美しく、人々――特に子供たち――は明るい。もちろんケンカや争いはするが、都会の貧民街のような陰湿さはない。彼らは、国境地帯に埋められた地雷を掘ったり、破壊された軍用車、戦車、砲弾の薬莢《やっきょう》などを集め、それを売ったりして暮らしている。そういう何十人もの孤児たちを、奇妙に大人びた、しかし顔はかわいい少年がまとめている。そこへある日、暗い影のある少女と腕のない兄、目の見えない赤ん坊の三人連れがやってきて、様子が変わる。子供たちのリーダーの少年がこの少女に恋心を抱くが、少女は心を動かさない。その理由がしだいに明らかとなる。

ストーリーを細かく書くことは避けるが、少女はイラク軍の兵士の子供を生み、育てながら、自分の運命を呪っている。そんな少女のために尽くそうとするリーダーの少年の心が真っ直ぐなことが、印象に残る。結局、イラク戦争が始まって、米兵がこの地域を〝解放〟するのだが、米軍とともに来るはずの「自由」や「民主主義」などの抽象的な概念と、子供たちが本当に必要としているものとの際立った差が描かれながら、この映画は終る。

以上は、私の解釈を混ぜた簡単な〝筋〟だ。この映画は、見る人それぞれが違った解釈をするのだと思う。が、いろいろな解釈が可能である中で、日本人がこの映画を見ることで共通して得られるものが一つあるのではないか。それは、我々の想像を絶する条件下で必死で生きている子供たちが、世界には大勢いるということを知ることである。そのことを抽象的に理解するのではなく、映像を通して難民の視点で見、主人公を通して心で理解した後、自分や自分の子が彼らだったら、今何ができるか、何をしてほしいかを考えてみることは大切だと思う。

（二〇〇五年十月二十日）

『SAYURI』

話題になっている『ＳＡＹＵＲＩ』を妻と二人で見にいった。すでに新聞記事をいくつか読んでいて、この映画に「本当らしさを期待してはいけない」というメッセージを受け取っていた私は、それほどガッカリしなかった。しかし、それにしても「文化が違う」ということは、同じテーマを扱ってもこれほど表現が違うのか、と驚きながら映画館を出た。そういう意味では、アメリカ人が考えた〝エキゾチックな日本〟を体験できたのは、面白かった。

出だしからアップテンポのジャズ風の音楽――和太鼓でリズムを取っているのだろうが、その使い方が何となくアフリカ的でおどろおどろしい。それを背景に、極貧の漁村の家から少女が二人、病気の母親の治療費や家族の生活費のために置屋に売り渡される。少女たちの目線から描かれているから、説明的な描写は一切なく、「夜、わけも分からず見知らぬ男に連れて行かれる」という邪悪で、暴力的な導入部である。似たような状況はテレビドラマ『おしん』にも出てくるが、日本人が描く場合、不本意にも子を手放さねばならない親のつらさがきちんと出ているが、この映画は〝親心〟を省いた残酷な描写である。

花柳界の描き方は何とも場末的である。もっと具体的に言うと、上流階級が風流に遊ぶ京都が、まるで新宿の歌舞伎町のようだ。また、芸者の着る最高級の着物をカメラがアップで映しているのだが、薄暗い質屋の店頭に吊るした中古の着物のように見える。芸者の舞は、宝塚と歌舞伎を混合したように、大仰でしかもテンポが速い……そういう〝違和感〟を感じているうちに気づいたことは、この映画は「日本」や「芸者」を描いているのではなく、「日本」や「芸者」を大道具、小道具として使いながら、現代アメリカ人の心情を描いている、ということだ。だから、日本がエキゾチックに感じられるのである。

原作は、アーサー・ゴールデンという日本美術史を学んだアメリカ人の小説

『*Memoirs of a Geisha*』で、監督は『シカゴ』のロブ・マーシャル。おまけに製作はスティーブン・スピルバーグだから、作品に〝日本人の視点〟を要求してはいけないのだ。原作はベストセラーになったそうだが、邦訳本（があったとしても、それ）についてあまり話を聞かないのは、その辺の事情があるのかもしれない。

もう一つ面白かったのは、「過去が未来にすり替わる」ような体験をしたことだ。ハリウッド映画だから、登場する芸者たちが英語をしゃべるという〝異国情緒〟は当然だ。これに加えて当初、大物芸者二人が中国人であることが表情や物腰から気になっていた。しかし、ドラマが佳境に入り、彼女たちが彼女たちの個性のまま、桃井かおりや工藤夕貴と一緒に同じ置屋でいたわり合ったり、競い合ったり、憎み合ったりしているのを見ているうちに、私は物語の舞台が「戦前の京都」であることを忘れ、そこはまるで近未来のシカゴかロサンゼルスであるかのような錯覚に陥った。

近未来ならば、「英語でしゃべる芸者」がいてもおかしくないし、彼女たちが中国人でも中国系シンガポール人でも日本人でもおかしくない。さらに彼女らが、昔の日本の芸者のような立ち居振る舞いをしなくても、全く違和感はない。

映画『ブレード・ランナー』の導入部には、ハリソン・フォード扮する警察官が未来のロサンゼルスの盛り場を歩き回るシーンがあるが、私は『ＳＡＹＵＲＩ』を見ながら、なぜかそれを思い出していた。

（二〇〇五年十二月二十一日）

『シリアナ』

渋谷の映画館で『シリアナ』という作品を見た。「石油・CIA・アラブがからんだ話」という程度の予備知識しかなかったのだが、映画が始まって監督や役者の名前が出てくるところで、原作が『*See No Evil*』（悪を見ず）だとあるのを見て、内容が分かった。一月二十四日の私のブログに、その日にニューヨークの書店で買った本のリストを掲げたが、そこにこの本の名前が含まれている。副題は「*The True Story of A Ground Soldier in The CIA's War on Terrorism*」（CIAでテロと戦う地上兵士の実話）で、この本の日本語版の題は『CIAは何をしていた？』（ロバート・ベア著／佐々田雅子訳、新潮社、二〇〇三年）という。映画の内容も、そういう政治色の強いものだった。

二時間以上の映画だが、ストーリーはアメリカとアラブの地で同時併行的に展開していく上、三〜四人の異なった登場人物の視点から重層的に描かれていくので、複雑でわかりにくいことは否定できない。しかし、そのことが却《かえ》ってリアリティーを生み出している。なぜなら、現実は複雑でわかりにくいからだ。これらの人物とは、CIA工作員、エネルギー・アナリスト、パキスタンからの出稼ぎ労働者、そしてワシントンの法律家である。通常はあまり関係のなさそうなこれらの人物が、「テロリズム」という現象を媒介として皆つながって描かれている点が興味がある。

ノンフィクションの原作をベースにし、監督もリアリズムを追及しているから、前にブログで取り上げた『亡国のイージス』のような〝肩すかし〟は食わされなかった。私は「平和」「環境」「資源」の問題は今日、互いに密接に関連していると述べてきたが、この作品は「環境」を除いた残り二つの問題の関連をよく描いている。さらに、そこに「貧困」と「悪政」の要素を加えて説得力のあるものになっている。ごく簡単に言うと、テロリズムが生まれる背景には、少数がとてつもなく豊かな王国にいる、とてつもなく貧しい人々の絶望感があり、この悪政を守っているのが国益優先のアメリカの対外政策だ——というのが監督の訴えようとしている点だろう。ここでテロリストは、家族と同信の仲間のために〝巨悪〟を狙って自爆する純粋な少年として描かれている

マイケル・ムーアの映画『華氏911』（二〇〇四年）を見た時も感じたのだが、こういう政府批判の映画が堂々と上映され、正しく評価されるという点で、アメリカは立派であり、羨ましい。本作品の製作総指揮を行い、自らCIA工作員を演じたジョージ・クルーニー（George Clooney）は、今年のアカデミー賞助演男優賞を受賞した。彼は「この作品は反アメリカ的だと思いますか？」との質問に対して、次のように答えている：

いや、むしろ、すごくアメリカ的な作品だと思ってるんだけど。そうじゃなかったら、僕らは作らないしね。アメリカっていうのは、疑問を投げかける自由を持った国だ。疑問を投げかけるのは、僕らの権利でもあり、そして義務でもある。この映画はそのために作ったんだから。

ところで、映画の題名になっている「シリアナ」の意味だが、これはワシントンの政策シンクタンクが使う一種の〝業界用語〟で、「アメリカの利益にかなう中東の新しい国」という意味だそうだ。そういう国を作ることがアメリカの国益になるとして、対外政策が練られているのだ。地域的にはシリア、イラン、イラクあたりを指すらしいから、現在アメリカは、イラクをシリアナにしようと努力していることになる。

（二〇〇六年三月二十九日）

『記憶の棘』

水曜日の今日は、私にとって週末である。そこで夜、妻と二人で映画を見に日比谷まで行った。ニコール・キッドマン主演でこのタイトルとなれば、内容は恐らくサイコ・サスペンスということになるが、英語の原題はなぜか「Birth」（誕生）である。そして、「輪廻転生を描いている」というのが巷《ちまた》の評判だった。私はだから、霊界の話でも出てくるかと思い、少し期待していた。

ご存じの読者もいると思うが、私は最近、生長の家講習会で生まれ変わりの話をすることがある。その際、ジム・B・タッカー著／笠原敏雄訳の『転生した子どもたち』（二〇〇六年、日本教文社刊）という本の内容を紹介する。この本は、真面目な学問的研究を一般向けにまとめたもので、生長の家の秋季慰霊祭の挨拶の中でも触れた。

原著には「子どもの前世の記憶についての科学的研究」という副題がついている。

著者のタッカー氏（Jim B. Tucker, MD.）は、ヴァージニア大学の心理学者、イアン・スティーブンソン（Ian Stevenson）博士の弟子に当たる人で、児童精神科医である。このことから分かるように、「前世の記憶」を科学的に扱う人たちは、心理学や精神病理学の専門家なのである。だから、この映画もサイコ・サスペンスと宗教性の両面を兼ね備えていたのだった。

私はこの本や、スティーブンソン博士の『前世を記憶する子どもたち』（一九九〇年、日本教文社刊）を読んでいたので、映画のストーリーを追いながら「あれっ？」と思うことが二〜三回あった。しかし、キッドマンの迫真の演技は、その不自然さを凌駕して覆い隠し、私の目を最後まで画面に釘付けにした。私は彼女が出演する映画では『アイズ・ワイド・シャット』（一九九九年）『ザ・インタープリター』（二〇〇五年）などを見ているが、この作品での演技は文句なく最高だと思った。言葉を多くしゃべらずに、表情だけで、内心の心の揺れや、迷い、憎しみ、哀れみ、絶望などを見事に表現している。

ジョナサン・グレイザー監督（Jonathan Glazer）の特徴的な長回しのカメラワークも見ごたえがある。特に、再婚する許婚の男とオペラハウスで演奏を聴きながら、十歳の男の子が前夫の生まれ変わりであると信じるにいたる主人公の心の変化が、大写しされた表情の中で展開するシーンは、圧巻である。背後に流れる音楽も表情豊かである。

ストーリーをまだ紹介していないが、詳しい話は避けよう。簡単にいえば、最愛の夫を失って十年後、ようやく再婚を決意した主人公の前に十歳の男の子が現れて「あなたはぼくの妻だ」と主張し、再婚を妨害しようとする話だ。始まってまもなくのシーンの中に、最後のどんでん返しを説明する重要な伏線が描かれているから、見逃さないように。

グレイザー監督は、この男の子が主人公の前夫の生まれ変わりであるのかないのかを聞かれて、インタビューアーにこう答えている。

どちらもあり得るように、どちらの側においても理論が通るように作ったんだよ。僕の頭の中では作ろうとしているものははっきりしているけど、映画の最後を定義づけてくれと言われても、それはできない。この映画にはひとつ以上の真実があるということだ。それは何なのか。映画を見た人たちの気持にゆだねたいと思っているんだ。

（森山京子氏訳）

「ひとつ以上の真実がある」という言葉は、味わい深いと思う。科学者から見たら精神病理学の対象のように見えるものが、別の人から見れば立派な心霊現象であることがある。前者にとって「偶然」としか考えられないことが、後者にとっては絶対的な「必然」となる。どれが真実であるかは明らかにされない方が、人にとっては幸福であることもある。あるいは、どちらも真実であることもあり得るだろう。ただ、この映画を見て言えることは、「前世の記憶」をもつことが幸福の原因にはならないということだ。幸福は「今」の中にあるのである。

（二〇〇六年十月二十五日）

『ダーウィンの悪夢』

生長の家での大きな会議も終ったので、ひと息入れようと思い、妻を誘って渋谷の映画館へ行った。目当ては、二〇〇四年のヴェネツィア国際映画祭の受賞作である表題の映画だ。しかし、上映館が少なく、新聞には新宿にある一ヵ所しか出ていなかったので、インターネットで検索したら、渋谷にもう一ヵ所あった。渋谷には多くの映画館があり、そこに住む私たちはこれまでいろいろな所で映画を見たが、その映画館の名前は聞いたことがなかった。地図では東急本店の向い側ということなので、「それでは……」と出かけることにした。

その映画館は目立たないビルの三階にあって、チケット売場から奥へ入ると〝穴倉〟のような小さな部屋に、背の低いソファーや椅子が並んでいた。観客の入りは七割ほど。昔あった「ジャズ喫茶」の一方の壁面にスクリーンがかかっている……そんな感じだ。映画館だと思わなければ、芝居小屋にも見える。映写機も、液晶プロジェクターのようなものが天井に一つ付いているだけだ。これでクリアーな映像が見えるのかどうか心配したが、いざ上映が始まると、そんな心配は無用だった。

この映画は、生物多様性と南北問題の双方を含んだ真面目なドキュメンタリーである。映像は、決して美しくない……というよりは、恐ろしくヒドイ状態の場面もある。が、そのことが却って、どうしても悪条件下で撮らねばならなかったというリアリティーを表現していた。同じドキュメンタリーでも、前に紹介したことのある『不都合な真実』は、確かなカメラワークと見事な編集、美しい音楽で鑑賞者を惹きつけたが、この映画はＢＧＭも効果音もほとんどない。撮影者は、被写体の人の前でカメラを回し、脇で質問する声が聞こえ、画面の人はそれに答えるのに困惑したり、嫌がったり、得意になったり、あるいは敵意を示す。そんな人々のナマの映像が、鑑賞者の前に突きつけられる。だから、「映画の世界に浸って楽しもう」などと思っていくと、とんでもないシッペ返しを食らう。そこには、豊かで平和な国・日本とはまるで別の、残酷なほど貧しく、神経が疲れるほど危険な社会が展開する。

　この映画は、タンザニア、ケニア、ウガンダの三国に囲まれたアフリカ最大の湖、ヴィクトリア湖の、タンザニア側の一部落の生活に焦点を当てている。この湖は、琵琶湖の百倍、九州の二倍の広さで、多種多様の生物を育み、生物の進化を目の当たりにすることができるというので、「ダーウィンの箱庭」と呼ばれていた。ところが、一九五四年と一九六二年に、そこに棲息していなかったナイルパーチという大型淡水魚を誰かが放流した。漁獲量を増やすためとの善意でやったことらしいが、ナイルパーチは肉食もするため在来種を駆逐してどんどん殖えていった。日本の湖に放たれたブラックバスや、ブルーギルのことを思い出してほしい。これに工場廃水の流入や森林伐採も加わって、ヴィクトリア湖の生態系が破壊された。が、その一方で、タンザニアにはナイルパーチを加工してヨーロッパや日本へ輸出する産業が発達して、それによって仕事が創出され、豊かになる人々も一部現れた。

　映画では、ＥＵ政府の役人らしき人が現地へやってきて、自分たちの援助で新しい産業のインフラづくりに成功したと満足気に発言するシーンが映し出される。しかし、彼らが設置した高価な解体処理施設、冷凍・冷蔵設備を通って出てくる魚は、現地の人々の経済力をはるかに上回るのだ。つまり、大勢のタンザニア人が参加して漁獲される一日五〇〇トンものナイルパーチは、現地の人々には買えず、海を渡って豊かなヨーロッパ人、日本人の食卓に載るのである。否、もっと正確に言おう。タンザニアの普通の貧しい人々は、ナイルパーチからフィレ肉を取った後の残骸を拾い集めて、それをフライにしたものを食することで、かろうじて飢えをしのいでいる。人々の間にはエイズなどの病気が蔓延し、親を失った子どもたちは「ストリート・チルドレン」となって、盗みやケンカや毒物汚染の中で生きている……。

ナイルパーチとは、日本ではかつて「白スズキ」の名で流通していた魚で、二〇〇三年の法改正により、現在ではそのままの名を表示して売っている。わが国は、年三千トン前後をタンザニア、ケニア、ウガンダから輸入していて、二〇〇四年にはその量が四千トンになったという。レストランや給食などで白身魚フライとして使われるほか、スーパーで味噌漬けや西京漬けとしても売られているという。読者は今度、レストランやスーパーへ行った際、この魚をじっくり観察し、そして考えてみてほしい。我々はアフリカの人々を助けているのか、それとも搾取しているのか……？　また、どうすることが、彼らの生活を助けることになるのかと。

（二〇〇七年二月二十八日）

『善き人のためのソナタ』

水曜日は〝週末〟なので、『善き人のためのソナタ』という映画を見に恵比寿へ行った。当初、そのタイトルから韓流の恋愛モノのような映画を想像していたが、ネットで内容を調べると大変真面目な社会派の映画で、アカデミー賞外国語映画賞に推薦されたなどとあり、妻と私の趣味に合った。冷戦時代の末期、東ドイツの一党独裁体制を維持するために存在した国家監視システムと、それに抵抗する芸術家グループの葛藤、ベルリンの壁崩壊の影響などを描いている。それを表現するために、相対立する国家保安員と劇作家の心の動きを克明に追うという難しい手法を使っている点で、なかなか見ごたえがある。

東ドイツの国家秘密警察のことを「シュタージ」と呼ぶそうだが、これはナチス・

『善き人のためのソナタ』

ドイツのゲシュタポにも比較される政治・思想警察、国民監視機関である。この映画のパンフレットによると、シュタージの行状については東西ドイツ統一後も長い間、映画化することはタブーとされ、今回やっと十七年後に映像によって再現されたらしい。ドイツでは昨年三月の公開以来、一年以上のロングランとなり、観客の動員記録を伸ばしている。扱っている主題はノンフィクションだが、登場人物は実在ではない。監督のフロリアン・ヘンケル・フォン・ドナースマルク氏は、西ドイツのケルン生まれで三十四歳の若さだ。映画制作に当たっては、元シュタージ職員を含む多くの関係者から聴き取り調査をするなど、四年がかりで綿密な調査を行ったうえで撮影に入ったという。

ストーリーの細部を書くのは避けるが、大筋を言えば、〝反体制派〟の疑いをかけられた人気劇作家を二十四時間の監視体制下に置いた国家保安員のヴィースラー大尉が、その劇作家の電話も会話もセックスの様子も盗聴しながら、しだいに被監視者の信条や心情に近づき、上司への報告を偽るなどして、イデオロギーの支配から解放されていく話だ。映画の終りに向って〝ベルリンの壁崩壊〟が起こるが、元国家保安員の主人公は、統一後の生活は恵まれないながら、自信と信念をもって生きる様子が描かれる。

この主人公を演じたウルリッヒ・ミューエ氏（54）自身が、東ドイツのグリンマ生まれである。彼は自分の役柄について、パンフレットのインタビューの中で次のように語っている：

ヴィースラーのような人物は実際に存在していたのです。シュタージにとって彼らは非常に危険な存在で、八十年代に入るまで背信したシュタージ職員は死刑に処せられていました。彼は英雄でもあり、同時に矛盾を抱えた人物です。しかしこうした密やかな勇気は想像以上に東ドイツに蔓延していたのではないでしょうか。でなければ一九八九年、たった数ヵ月でＤＤＲ（東ドイツ）が崩壊することはなかったでしょう。

どんな環境にあり、自身がどんな生き方をしていても、人間には正邪の判断ができる〝核心〟のようなものがある。たとえ時間はかかっても、大勢の人間のその良心のうねりが人類を正しい方向へ導いていくだろう——そういうメッセージを、私はこの映画から読み取った。朝鮮半島の〝壁崩壊〟を考えるうえでも、読者にお勧めしたい作品である。

（二〇〇七年六月十三日）

『西の魔女が死んだ』

今日は水曜日の〝週末〟ということで、妻と一緒に恵比寿の映画館で『西の魔女が死んだ』（長崎俊一監督）という作品を観た。梨木香歩原作（新潮文庫）のこの映画は、百万部のロングセラーを達成した原作を読んだ妻が、かねてから公開を待ち望んでいたものだ。だから私は、彼女の〝おとも〟として行った、という感じだった。

ストーリーは事前に妻から聞いていたから、それほど起伏のある展開ではないことは知っていた。が、この作品はストーリーで見せるものではないことが、すぐ分かった。八ヶ岳山麓で独りで暮らす老女（サチ・パーカー）のもとに、孫である女子中学生（高橋真悠）が不登校の心を癒すために世話になる——筋はそれだけだ。が、この祖母と孫との田舎生活の中から、人生の意義と「人間は死なない」というメッセージが紡ぎ出されるのである。会話と演技とメッセージ性を重視した、静かな感動を与える作品である。

妻によると、この映画は原作にとても忠実に作ってあるという。そのことから考えると、私はこのような内容の小説が百万人にも読まれるということに、少なからず驚いた。単行本の『西の魔女が死んだ』（楡出版）は平成六年刊で、小学館の新装版は同八年、新潮文庫版は同十三年刊である。この文庫版が今年二月刊の「五十一刷」の帯に「映画化」決定を謳っている。十四年間で百万部を売ったとすると、単純に計算して一年間に七万部強という人気である。

その中で、老女は孫にこんな言葉を語る――

人の注目を集めることは、その人を幸福にするでしょうか。

精神力っていうのは、正しい方向をきちんとキャッチするアンテナをしっかりと立てて、身体《からだ》と心がそれをしっかり受け止めるっていう感じですね。

死ぬ、ということはずっと身体に縛られていた魂が、身体から離れて自由になることだと、おばあちゃんは思っています。きっとどんなにか楽になれてうれしいんじゃないかしら。

魂は身体をもつことによってしか物事を体験できないし、体験によってしか、魂は成長できないんですよ。ですから、この世に生を受けるっていうのは魂にとっては願ってもないビッグチャンスというわけです。

これだけ取り出して並べると、何となく宗教臭く聞こえるかもしれない。が、これらが語られる合間には、祖母と孫はニワトリの世話をしたり、野イチゴのジャムを作ったり、シーツの洗濯をしたり、作物を収穫したりする。中学生の孫は実生活の大変さと面白さを学んでいくのである。だから、そんな〝臭み〟は感じられない。これはもちろん、著者、梨木香歩氏の文章の構成力と表現の自然さにある。また、物語が八ヶ岳山麓の森の中という〝非日常〟の中で展開されることにもよるのだろう。生長の家では今、「技能と芸術的感覚を生かす」ことが勧められているが、同じメッセージでも、それをどう表現するかで大いに違いが出てくるものだと感心させられた。

ところで、この作品では〝西の魔女〟役のサチ・パーカー氏（Sachi Parker）が、折り目正しい日本語を明瞭に話しているのが印象的だった。彼女は個性派女優、シャーリー・マクレーンの娘で、父親はスティーブ・パーカーという映画製作者だ。日本好きの両親のおかげで二歳から十二歳まで日本で暮らしていたそうだ。が、今回のセリフは難しかった、とこの映画のプログラムの中で言っている。同じプログラムのインタビューでは、彼女は次のように言っている——

私は、人生のネガティブなところに、重点を置きません。その時間があっても長く続かないように心がけています。愛するものたちに、感じたものをそのままコミュニケートするのです。

何となく日時計主義のように聞こえる。また、原作の小説にもそんな記述がいくつか見られるから、興味をもった読者には原作の一読をお勧めする。

（二〇〇八年六月二十五日）

『PARIS』

今日は夕方、渋谷の東急文化村のル・シネマで封切りとなった『ＰＡＲＩＳ』という映画を見に行った。フランスの首都・パリを舞台とした現代のいくつもの人間模様を、同時並行的に描いていくセドリック・クラピッシュ監督（Cedric Klapisch）の作品である。

私はこの監督のことをよく知らなかったが、クラピッシュ氏は「群像ドラマに長けた映像作家」ということで、『百貨店大百科』『猫が行方不明』『スパニッシュ・アパートメント』などの作品が日本でも人気だそうだ。ところが、これらの作品はパリを舞台としていても、「パリ」という街そのものを描いてはいなかった。また、都市を描いている作品は、同氏の母国・フランスではなく、ロンドンやバルセロナ、サンクトペテルブルクなどの外国の都市だった。が、今回の作品で、同氏は初めてパリ自体を描いた。同氏自身の言葉によれば、この作品は「僕の過去の全作品と響き合っている」し、「今までやってきたことを総括したかった」のだという。

映画に出てくる〝人間模様〟とは——①ソーシャルワーカーの姉とダンサーの弟、②ファッション業界にいる姉妹、③歴史学者の兄と建築家の弟、④市場の商人たち、⑤パン屋の女主人とエジプト人の使用人、⑥アフリカにいるカメルーン人、⑦魅力的女学生、などだ。映画の導入部では、これらの人々がパリを舞台に無関係に描かれていくが、やがて一部が重なり合い始める——ファッションモデルはカメルーン人に声をかけ、ソーシャルワーカーは市場に買い物に行き、ダンサーはパン屋でパンを買うために並ぶ。そして歴史学者は、教え子である美しい女学生に惹かれていく……。クラピッシュ監督に言わせると、「パリのポートレイトを創りたいなら画一化してはダメだ。複雑なパリの街並みを認めること」が大切だという。この言葉の通り、映画の前半はなかなか複雑である。

主人公は、右記の①にいる「ダンサー」で、彼は致命的な心臓病が発見されて、移植手術を待つ身となる。すると、彼の中に人生に対する〝新しい視点〟が生まれる。それは、一種の〝旅人の視点〟だ。まもなくこの人生の全てを置いて旅立つかもしれない彼にとっては、人生の出来事のすべてが――美しく楽しいものはもちろん、生きていくための人々の不満も、いさかいも、心配も、苦しみも――すべてが愛《いと》おしく、貴重なものに感じられるのである。そして、ダンサーは、エッフェル塔の見えるアパートの高層の部屋からバルコニーへ出て、パリ全都で行われている人々の営みを見るともなく、想像する作業に身を委ねる。

クラピッシュ監督は、この手法によって描きたかったことを、こう表現する――「孤独な人々にも互いに交差する道はあるものだ。多くの映画はひとりの人生を描くが、この映画では様々な人の生活の断片を追うことで、たくさんの道があることを描きたかった。個々の道が集合的な感情を創り上げているんだ」。

この意図は本作品において見事に実現されていると思う。映画の最終部では、主人公が移植手術のためにタクシーで病院へ向うシーンがあるが、その時、彼が車窓から見るパリの風景の中に、①から⑦までの登場人物すべてがあり、それぞれが独自の人生を生きつつあることが巧みに表現されていく。そして、困難な手術に直面して「死」を覚悟しているはずの主人公が、人生のすべてを容認する心境を得て幸せな顔をしていることに、映画鑑賞者は気づくのである。

私は、パリには一度しか行ったことがないが、本作品を見てまた行きたくなった。フランス映画は、憂鬱で暗い作品が多いと言われるが、この作品は人へのニヒルな愛情に溢れていて好感がもてる。個々の登場人物の生き方にはいろいろ問題があるが、それら人間相互の様々な営みのすべてを受け入れ、愛しむ視線がある。それは日時計主義にも通じる所があると思うのだ。

（二〇〇八年十二月二十二日）

あとがき

私は今、木曜日の休日に妻と一緒に朝食のテーブルについています。自宅ではなく、ホテルで過ごす朝のひと時です。それは、私にとって〝普通〟の休日ですが、「ホテル」という環境は普通ではありません。でも、土日が休日の人にとっては、木曜日の朝に、夫や妻と二人で外食すること自体が普通でないかもしれません。

「普通」という言葉は、ですからかなり主観的です。いろいろの人にとって「日常」というものは普通ですが、その同じ〝普通な日常〟を別の人が見ると、「普通でない」と思うことも多いのです。国境や文化をまたぐと、そういうズレはきっともっと大きくなるでしょう。

現代の日本の社会では、ほとんどの人が自分は「無宗教だ」と答えるそうです。そういう環境では、宗教家という仕事は恐らく普通ではありません。だから、多くの人は宗教家の日常も「普通でない」と考えがちです。しかし、本書に収められた文章を読んでいただけば、私のことを「普通だ」と感じる人は多いと思います。でもその一方で、細かい点では「やっぱり普通じゃない」と思う人もいるに違いありません。それは、私たち人間は一般に「自分」を基準にして〝普通〟か〝普通でない〟かを判断するからで、どんな相手でも、自分に理解できる部分と、そうでない部分があるはずだからです。こうして、ある人に対して「普通であるが普通でない」という評価が生まれることで、その人への理解が始まる、と私は思います。

そんな方向を目指した本を、私は出したいと思っていました。なぜなら、これまでの私の著書のほとんどが、宗教の教えを伝えたり、倫理的生き方を探究する種類のもの――要するに〝お堅い〟内容の本だったからです。もちろん、そういう本を書くことは私の仕事の一つですから、文句を言うつもりは毛頭ありません。でも、その反面、それらの書物は私の人間性の一部しか反映していませんでした。
「それでいいじゃないか」と考える人もいるでしょう。「宗教家は私的な側面を抑えて、公的な活動に専念すべきだ」と、そういう人は言うかもしれません。しかし、宗教家といえども人間なのです。すべての人間には公私の両面があり、その一方だけで生きることなどできるはずがありません。私は、宗教はその双方――つまり、人間の〝全体〟と関わるべきだと考えます。週に一回教会へ行き、そこで神に触れる経験をしておけば、あとの六日間は何をしても大丈夫というのでは、「信仰生活」とは言えないと思います。

そういう意味で、宗教家の日常生活はある程度公開されるべきなのです。でもそれは、週刊誌的な、興味本位でヤブニラミの視点から取り上げられてはいけません。それでは〝公開〟でなく、ほとんど〝曲解〟です。宗教家自身が、飾ったり取り繕ったりしないで、「私はこんな人間です」と自分を語るのがいいと思うのです。それができれば、日本社会に根強くある宗教への偏見も、ある程度是正される、と私は期待しています。

そんな理由で、私は二〇〇一年ごろからブログを書き始めました。それを時系列で単行本化した『小閑雑感』シリーズ（世界聖典普及協会刊）は、すでに十二巻になりました。しかしこのブログは、公私両面にわたる様々なテーマで書き綴《つづ》ってきたので、焦点がぼやけていました。この本は、そんなブログの文章の中から、私の〝人間〟を表している随筆六十六篇を、五つのテーマに分けて集めたものです。

宗教指導者の神秘性は、私生活を信者から秘匿《ひとく》することで高まる、などと考える人もいるようですが、私は、宗教の腐敗はそういう〝秘密主義〟から始まると考えます。信仰とは、信仰者の人生を支配するものですから、信仰生活に入ろうとする人は、宗教指導者の私的生活をある程度知ったうえで、そういう人間が伝える教えを受け入れるかどうかを、自分でしっかり判断すべきと思います。少なくとも、そんな開けっぴろげな宗教があってもいい、と私は考えます。また、すでに信仰生活に入っている人は、その指導者の人間性をさらに知ることで、難しくなりがちな〝教本〟では伝わりにくい、その人の信条や願いを理解していただければ幸甚です。

この本の表題に使った「目覚むる心地」とは、『徒然草』に出てくる言葉です。詳しくは、本に収められた同名の文章にありますが、普段は気づかない日常の〝些事《さじ》〟が、〝旅人の視点〟を通して見ると新鮮に感じられ、また重要な意味合いをもってくる――そんな微妙な心境を表した言葉です。人生はよく「旅」に喩《たと》えられますが、私も常に「目覚むる心地」を失わずに残りの旅を続けていきたいです。

二〇〇九年一月三十日

谷口　雅宣

谷口雅宣随筆集
目《め》覚《ざ》むる心地《ここち》

2009年３月１日　初版第１刷発行

著　者　谷《たに》口《ぐち》雅《まさ》宣《のぶ》
発行者　磯部和男
発行所　宗教法人「生長の家」
東京都渋谷区神宮前１丁目23番30号
電　話（03）3401-0131　http://www.jp.seicho-no-ie.org/
発売元　株式会社　日本教文社
東京都港区赤坂９丁目６番44号
電　話（03）3401-9111
ＦＡＸ（03）3401-9139
頒布所　財団法人　世界聖典普及協会
東京都港区赤坂９丁目６番33号
電　話（03）3403-1501
ＦＡＸ（03）3403-8439
印　刷　東洋経済印刷
製　本　牧製本印刷
装幀協力　Malpu Design（清水良洋）

本書の益金の一部は森林の再生を目的とした活動に寄付されます。
本書（本文）の紙は循環型の植林木を原料とし、漂白に塩素を使わないエコパルプ100％で作られています。

落丁・乱丁本はお取替えします。
定価はカバーに表示してあります。

ISBN978-4-531-05905-8